光文社文庫

文庫書下ろし／長編時代小説

流転《るてん》の果《は》て

勘定吟味役異聞(八)

上田秀人

光 文 社

この作品は光文社文庫のために書下ろされました。

目次

第一章　闇の妨げ　5
第二章　南海の龍　70
第三章　血の決意　135
第四章　大奥の客　199
第五章　命の決着　267
終章　343

あとがき　353

第一章　闇の妨げ

一

御三家紀州五十五万石の城下に入るには、いくつかの街道があった。

主なものとして、伊勢から熊野を回る熊野街道、伊勢から大和国《やまとのくに》を横ぎり紀伊《きい》山地をこえる大和街道、そして大坂から南下する和泉《いずみ》街道があった。

そのうち、紀州藩主の参勤交代は、大和街道を利用した。

「京に入るは好ましからず」

初代藩主頼宣《よりのぶ》を嫌った二代将軍徳川秀忠《とくがわひでただ》の命で紀州徳川家は、大坂、京を経由しない街道をとるしかなかった。

徒目付《かちめつけ》永渕啓輔《ながぶちけいすけ》は、死した柳沢美濃守吉保《やなぎさわみののかみよしやす》の遺言を果たすべく、大和街道を伊勢から松坂へと足を運んでいた。

「ふん、ぼろぼろではないか」

行商人に身をやつした永渕啓輔は、松坂城を見て嘲笑《ちょうしょう》した。

松坂城は、安土城の縄張りにもかかわった築城の名手蒲生氏郷《がもううじさと》が、伊勢十二万三千石の居城として造りあげた名城であった。

蒲生家から服部《はっとり》、古田《ふるた》と城主を替えた松坂城は、元和《げんな》五年（一六一九）、駿河《するが》から徳川頼宣が紀州へと移封《いほう》されたおり、和歌山藩領へと編入された。

紀州徳川家は、南伊勢の治世拠点とすべく、松坂に城代を置き、与力《よりき》、同心を配したが、幕府に遠慮して城の改築、修復はおこなわなかった。

正保《しょうほう》元年（一六四四）の台風で倒壊した天守の再建もできず、ついに本丸御殿も朽ち、城代屋敷を藩庁支所として使用するありさまであった。

「城は国を守る要《かなめ》。それをおろそかにするなど、吉宗《よしむね》は武家の統領たる器量ではない」

永渕啓輔が断じた。

正徳《しょうとく》四年（一七一四）、徳川家康が将軍宣下《せんげ》を受けて百十一年、盤石《ばんじゃく》に見えた幕府にもがたが来ていた。

現七代将軍家継《いえつぐ》は、宝永六年（一七〇九）生まれでまだ六歳、政《まつりごと》をおこなうことはできず、すべてを老中《ろうじゅう》たちが差配していた。

将軍のものである権が、家臣たちの手に落ちる。合議で施策が決まるといえば聞こえはいいが、利害や情実の影響はさけられなかった。

金で法が変わる世は、人心を腐敗させた。

堅実に勤めるより、要路に金を撒《ま》いたほうが、出世に繋《つな》がるのだ。

旗本はもとより、諸藩の侍たちも、表芸であるべき武を捨て、上役へのごますりや金稼ぎの内職に精を出すようになっていた。

「神君家康公《しんくんいえやす》が、すべてを譲りたがったといわれるほど豪儀であった頼宣公の気質は、孫に受けつがれなかったか」

鼻先で笑いながら永渕啓輔は、早足で大手門前を過ぎていった。

松坂には、城代以下、城代与力、同心が配されていた。

同心二人が、松坂城大手門の両脇に立ち、警衛をおこなっていた。

「あれは……」

一人の同心が、永渕啓輔に目を止めた。同心は、松坂の見張りとして送りこまれていた玉込《たまこ》め役吉田利右衛門《やくよしだりえもん》であった。

「どうかしたのか」

同役が問うた。

「いや、ちと朝からくだしぎみでの」

吉田が腹を押さえた。

「それはよくないの。そろそろ暑さが増してきておる。食あたりでもいたしたのではないか」

覗きこむようにして、同役が心配した。

「さほどではないと思うが……」

「遠慮せずともよろしかろう。屋敷へ帰られよ。詰め所へ行けば、誰か代わりぐらいおりましょう」

「すみませぬ。では、よしなに」

頭をさげて吉田は門を離れた。

大手門から見えなくなるのを待って、すぐに吉田は羽織を脱いで衣服を替えた。

玉込め役が身につけている小袖は、両表になっていた。裏返せば目の細かい縞《しま》になっていた。あとは、髷《まげ》を少し崩せば、町人の姿となる。

目の前にある武家屋敷の生け垣へ羽織と太刀《たち》を隠して、吉田は急いだ。

「いた」

小走りに追いかけた吉田は、まもなく永渕啓輔に追いついた。

「行商人を装っているが、あやしい。あやつ、たしかに笑いおった」

吉田は、松坂城へ目をやった永渕啓輔の口がゆがむのを見ていた。

根来寺《ねごろじ》の修験者《しゅげんじゃ》から発生した根来忍者を祖にする玉込め役は、気配を消すことに長《た》けていた。

「ふん」

すれ違う人にさえわからないよう、己を殺して吉田は永渕啓輔のあとをつけた。

すでに永渕啓輔は気づいていた。

「引っかかってくれたか」

永渕啓輔が笑ったのは、わざとであった。

「一瞬の嘲笑を見抜いた。おそらくは玉込め役」

後ろを振り返ることなく、永渕啓輔は歩いた。

「なかなか江戸では手合わせする機会がなかったからな。和歌山に入る前に玉込め役の実力を知っておきたい」

「……………」

永渕啓輔は、背中の荷物の位置を変える振りで、吉田を目の隅でとらえた。

格好を確認したのではなく、全体の雰囲気を脳裏に覚えさせた。こうすれば、吉田がどのような姿に変化しようとも、見逃す心配はなくなる。

「そろそろよいかな」

城下を出たところで、永渕啓輔は街道をはずれた。

「気づかれたか」

永渕啓輔の動きが誘いだと、吉田は見抜いた。

「必要なかろうが、念のため」

吉田は仲間への連絡と地面に石で筋を入れた。

「玉込め役に勝てると思っておるのか」

背中へ隠していた脇差《わきざし》を取り出し、吉田は鯉口《こいぐち》を切った。

「四肢を斬り落としてから、素性を問うてくれるわ」

吉田が、走った。

山道へ踏みいれた永渕啓輔は、大木の陰で、背中の荷物を降ろし、道中差を取りだした。

幕府は庶民が刀を持つことを禁じていた。ただ一つの例外が旅中である。街道筋の治安を担いきれなかった幕府は、太刀より少し短い刀を道中差と称することで、携帯を黙認していた。

「待て」

「言わずとも、待っていたぞ」

声をかけた吉田に、永渕啓輔が笑った。

「何者だ」

吉田が脇差を抜いた。

「江戸小物の行商人よ。奥方に櫛《くし》でも買わぬか」

永渕啓輔が、さらに吉田をあおった。

「ふざけたことを」

あしらわれながらも、吉田は足下を固めていた。

「……ほう」

吉田の対応に永渕啓輔は感心していた。わざと怒るようにしむけたのは、頭に血をのぼらせるためであった。気が浮わずれば、周囲の状況が見えなくなり、冷静な対応ができなくなる。吉田は、永渕啓輔の挑発にのらなかった。

それよりも脇差を鞘走《さやばし》らせていることがよかった。命を奪いあう真剣勝負をするのだ。わずかなことが勝ち負けを分ける。刀を鞘から抜くという所作が遅れとなることもある。居合いでないかぎり、先に白刃を手にした者が有利なのは当然であった。

「おとなしく、番屋まで来るならよし。さもなくば……」

「斬るか」

永渕啓輔も道中差を抜いた。

「……ふっ」

間合いは五間（約九メートル）と、一刀一足ではなかった。

吉田は永渕啓輔が構える前に動いた。脇差の柄《つか》に隠していた棒手裏剣を下手《したて》から投げつけた。

「………」

無言で永渕啓輔は、手裏剣を鞘で弾《はじ》いた。道中差とはいえ、真剣は重い。手裏剣を弾くために動かせば、引き戻すのに一拍の間《ま》が要る。その刹那《せつな》の隙を吉田は狙い、永渕啓輔は嫌った。

「……ちっ」

跳びこむ体勢にあった吉田が、舌打ちをした。

「玉込め役とは、このていどなのか」

最初の対応を見て、玉込め役はそこそこ遣えると思ったのはまちがいだったと、永渕啓輔は落胆した。

「我らのことを知っているとは、幕府の隠密《おんみつ》か」

吉田が問うた。

「なんでもよかろう。とりあえずおまえより腕がたつ」

永渕啓輔が、さらに焚《た》きつけた。

「…………」

応じるほど吉田はおろかではなかった。

口を開くことは息を漏らすことであった。息を吐くためには、身体《からだ》の筋を緩めなければならず、とっさの対応が遅れることになる。

「動かなければ、勝負にならぬぞ」

吉田の実力を把握した永渕啓輔は、道中差を左手にさげたまま、歩くように間合いを詰めた。

「こっちは道中差、そっちは脇差。一足一刀の間合いは一間半（約二・七メートル）」

言いながら、永渕啓輔が足を止めた。

「しゃあああ」

右袈裟《けさ》に、吉田が永渕啓輔の左肩めがけて撃ってきた。

「……ふっ」

足を送るだけでかわした永渕啓輔は、動きを止めることなく吉田の右脇へと身体をつけた。

「殺さずに捕まえるというのは、難しいであろう」

「くっ」

右を押さえられた吉田が、左へ逃げようとした。永渕啓輔は吸いつくように張りついて、吉田から離れなかった。

「拙者はそんな面倒はせぬ。死ね」

永渕啓輔の道中差が、豆腐に食いこむ包丁のように、すんなりと吉田の右脇腹へ吸いこまれた。

「……がっ」

苦鳴を最後に、吉田が絶命した。

「………」

無言で死体から道中差を抜くと、永渕啓輔は吉田の衣服で血糊《ちのり》を拭いた。

「どうせ、なにも持ってはおるまいが」

永渕啓輔は吉田の身体を探った。

忍《しのび》は身元を証《あか》すようなものを持ち歩かないのが常である。

永渕啓輔は、さっさとあきらめると、吉田の死体を見つかりにくい林のなかへと運び、放置した。

「半日見つからねばいい」

早足で街道に戻った永渕啓輔は、足元を見まわした。

「やはり、残していたか」

永渕啓輔は、吉田の残した地文字を足で消した。

「明日には和歌山か」

背中の荷物を揺すりあげて、永渕啓輔は歩きはじめた。


江戸の夏は鰹《かつお》から始まる。

「初鰹おおぉぉぉ」

魚屋が、尾を引くような売り声で、走りまわる。

「いくらだい」

「片身一分でござんす」

一分は銭になおして一千文である。人足の日当が一日二百文そこそこなことに比べて、あまりに高価であった。

「一本置いてきな」

その日暮らしの庶民も無理をして初鰹を買った。

魚屋の稼ぎどきでもある。荷台に山積みされた鰹も昼過ぎには売りきれ、懐の重くなった魚屋は、あっさりと商売を終えて吉原や岡場所へ走った。

「馬鹿だねえ」

夏の狂騒を紀伊国屋文左衛門《きのくにやぶんざえもん》は、嘲笑《あざわら》っていた。

「初鰹だからといって、格別うまいわけでもなし、食べて病が治るとか寿命が延びるとかの効果もない。たかが一匹の鰹に十日の稼ぎをつぎこむなど、金の遣い道をわかっちゃいませんね」

紀伊国屋文左衛門は、品川に停泊している持ち船で寝泊まりをしていた。

「鰹が一番うまいのは、船の上から釣ったものを、その場で喰うことでやんすからねえ」

片腕と頼みにしている番頭の多助《たすけ》も笑った。

「大名方も、いや将軍さえ、金の遣い方を知らないから、庶民が無駄をなくせないのは、当然といえば、当然なんだろうがね」

ただよってくる潮風に、紀伊国屋文左衛門は鼻を鳴らした。

「蟹《かに》は身にあった穴を掘るというじゃないか。見栄なんぞ張るから、無理が来る。自前の金だけじゃ足りなくなって、借りる羽目になる。一度はまあいい。経験だからな。なにごとも失敗をして初めて身につく。しかし、大名でございと威張っている割りには、お武家は頭がよろしくないね。おなじことを何度もくりかえすから、いつまで経《た》っても借金はなくならない。まして増える。金を借りると利子が付くからね」

「そのお陰で、旦那の身上《しんしょう》は増えた」

「まあ、そうなんだが。かなり貸し倒れも喰らった」

紀伊国屋文左衛門が苦い顔をした。

「とくに柳沢さまはひどかったね。一度も返していただいたことがない」

小さな甍《いらか》の向こうにそびえる江戸城へと紀伊国屋文左衛門は目をやった。

「香典代わりに棒引きとはいかない額だけどねえ。お返しいただきたいが……。柳沢甲斐《かいの》守吉里《かみよしさと》さまはどうかねえ」

紀伊国屋文左衛門がつぶやいた。

柳沢吉保は夏に入る寸前、幸《さいわい》橋《ばし》御門内柳沢家中屋敷で病死した。

「儂《わし》が生きているだけで、圧迫される連中がいる。死したとわかれば、甲斐守吉里さまへ害をなす者が出てこないとはかぎらぬ。吉里さまが、西の丸に入られるまで、儂の死は秘せ」

遺言によって、柳沢吉保の遺骸は漆を満たした瓶《かめ》に保存され、死は隠された。

「無理矢理乗せられた船とはいえ、いまさら降りるわけには参らぬ。無事対岸へ着くか、難破して溺《おぼ》れ死ぬか。どちらにせよ、今の余は消え去ることになる」

瓶を前にして、柳沢甲斐守吉里が言った。

「かならずや、殿を将軍の座に」

五代将軍綱吉《つなよし》によってつけられた甲州忍の長《おさ》、一衛《かずえ》が平伏した。

「欲しいとも思わぬ地位なれど、正しき後継が受けつがねば、世に正統はなくなり、天下が乱れるもととなる。ふたたび戦国となれば、万民は塗炭《とたん》の苦しみに落ちる。それを防ぐことこそ、血を受けついだ者のさだめ」

吉里が述べた。

「お覚悟、感服つかまつりまする」

一衛がひときわ深く頭を畳にこすりつけた。

「しかし、余が正統であることは、執政どもも存じおるが……証明するものがない」

吉里は柳沢吉保の息子ではなかった。

大奥《おおおく》で産まれ、あるいは育った子供すべてが夭折《ようせつ》することに気づいた五代将軍綱吉は、側室お染《そめ》の方の妊娠を知ると、思いきった手をうった。お染の方を寵臣《ちょうしん》柳沢吉保に下げ渡したのだ。

柳沢吉保はよく綱吉の意をくみ、お染の方を拝領しながらも手を出すことはなく、ひたすら保護に尽力した。こうして生まれたのが吉里であった。

吉里が生まれてからも、柳沢吉保は警戒を解かなかった。

すべてのもとは、四代将軍家綱《いえつな》に子供がなかったことが発端であった。

さらに世継ぎとなるべき、家綱の弟で綱吉の兄綱重《つなしげ》の急変死が拍車をかけた。まだ家綱は存命であったが、すでに体調は悪化し、いつ死んでもおかしくはない状況であったため、綱重を擁していた者たちからすれば、その死に疑問を抱《いだ》くのも無理はなかった。

まだ綱重の息子綱豊《つなとよ》に五代将軍の座が回ってくれば、よかった。しかし、一代家康から遠くなるという正論が幕府の大勢《たいせい》をしめ、五代将軍は綱吉に決まった。

表だって将軍に叛意《はんい》や逆意をしめすことは、己の破滅につながる。綱重を将軍にと考えていた連中は、闇へ潜むしかなかった。

闇が綱吉の子供たちを、死の淵《ふち》へ引きずりこんだ。

「綱重の子に将軍職をつがせる」

これが、闇に潜んだ者たちの悲願となった。

綱吉がまだ将軍世子《せいし》となるまえに神田館で生まれた徳松《とくまつ》から悲劇は始まった。徳松は綱吉の世子として江戸城西の丸大奥へはいって四年、五歳でこの世を去った。

つづいて、綱吉の子を孕《はら》んだ側室たちの流産が続いた。

止《とど》めは綱吉の残された最後の実子、鶴姫《つるひめ》であった。鶴姫は女ということもあってか無事に成長し、紀州徳川権中納言《ごんのちゅうなごん》綱教《つなのり》のもとへ輿入《こしい》れできた。

「余に跡継ぎができぬならば、鶴姫と綱教の間に生まれた子を六代としたい」

綱吉がこう漏らしてすぐ、紀州家上屋敷にいた鶴姫に異変が起こった。綱教から差し入れられた饅頭《まんじゆう》を口にしたとたん、血泡を吹いて倒れたのだ。

あまりのことに綱吉は恐怖した。この国でもっとも力のある将軍の子供がやすやすと命を断たれていくのだ。探索させても手を下した者さえ見つからないのだ。背後に隠れた者など幻影よりたちが悪かった。

「跡を継がせることさえ、できぬのか」

愕然《がくぜん》とした綱吉は、将軍を譲ることをあきらめ、血筋だけを残そうとした。それが吉里である。

闇から守るために、吉里は柳沢吉保の子とされた。

「おかげでここまで生きてきたが、こうなると弱い」

いていた。

七代将軍家継は、幼いうえに病弱である。就任してからずっと世継ぎ問題がまとわりついていた。

そこへ名のりをあげるだけの証拠を、吉里は持っていなかった。

「殿、申しあげたきことが……」

平伏したまま、一衛が口を開いた。

「なんじゃ」

「……亡き上様より、吉里に覚悟あらば伝えよとお預かりしていたお言葉がございまする」

「なに、父上さまからか」

吉里が身を乗りだした。

数百石から二十二万石まで引きあげてくれた綱吉こそが、柳沢家にとって上様であり、家宣《いえのぶ》、家継の二人は簒奪者《さんだつしゃ》でしかなかった。

「申せ。余の肚《はら》は決まっておる」

強い口調で吉里が命じた。

「おそれながら……」

一衛が一度呼吸をして、落ちつこうとした。なにごとにも動じない中州忍の長が、緊張していることに吉里は息をのんだ。

「上様が、殿を実子とお認めになられた花押《かおう》入りの書付《かきつけ》が、ございまする」

「なにっ」

聞いた吉里が驚愕《きょうがく》した。

「どこじゃ、どこにある」

「大奥、開かずの間」

重い声で一衛が告げた。

二

勘定吟味役《かんじょうぎんみやく》の職務は多岐にわたった。なにせ、幕府の金が動くところすべてを監察するのが任である。それこそ江戸城の厠《かわや》で使う落とし紙から、将軍の夜着の購入まで、調べなければならなかった。

「水城《みずき》氏、これをお頼み申す」

同役の勘定吟味役が、水城聡四郎《そうしろう》に仕事を持ってきた。

「はあ」

聡四郎は戸惑いながら受けた。

勘定衆の頂点にいた勘定奉行《ぶぎょう》荻原近江守重秀《おぎわらおうみのかみしげひで》を放逐するため、新井白石《あらいはくせき》によって勘定吟味役へと抜擢《ばってき》された聡四郎は、勘定方の詰め所内座《ないざ》で浮いていた。

荻原近江守のやったことはたしかに悪であったが、それを筋違いの新井白石から指弾された勘定衆は、走狗《そうく》であった聡四郎を敵視し、いままで仕事はおろか話しかけてさえこなかったのだ。

「こちらもお願いできるか」

勘定組頭《くみがしら》が別の書付を聡四郎に手渡した。

「うけたまわった」

職務と言われれば拒否することはできなかった。

「何日かかりますことやら」

勘定衆で唯一聡四郎の味方である吟味方改役太田彦左衛門《あらためやくおおたひこざえもん》が、積みあげられた仕事に嘆息した。

「どうなっているのでござろう」

手元に書付を拡げているが、実務経験のない聡四郎はとまどうしかなかった。

勘定筋の家柄に生まれながら、算盤《そろばん》より剣を磨いた聡四郎は、やたら数の書きこまれた紙を前に、呆然《ぼうぜん》とするしかなかった。

太田彦左衛門が、聡四郎に顔を近づけた。

「なにやら裏がありそうでございまするな」

老練な役人である太田彦左衛門が、囁《ささや》いた。

「裏……となれば……」

小声で聡四郎も応えた。

「大奥がらみでござりましょう」

太田彦左衛門が首肯《しゅこう》した。

聡四郎は、中臈《ちゅうろう》絵島《えじま》の芝居見物を突破口に、男子禁制の大奥へ調査の手を伸ばした。

大奥は将軍の私《わたくし》である。表は大奥に手を出さず、大奥は政にかかわらない。一応の住みわけはされていたが、実際は大奥が表の人事にまで口をはさんでいた。なにせ大奥には将軍しか男はいないのである。群がる女に男一人で立ち向かえるはずもなく、代々の将軍は大奥の機嫌をそこねないよう必死であった。

綱吉の放漫によって崩れかけた幕府を建てなおそうと、まず金の出入りを締めてかかった六代将軍家宣でさえ、大奥の改築には七万両を遣って、機嫌を取ったほどやりにくいところであった。幕府の最高権力者である将軍でさえそうなのだ、役人たちが大奥にさからうことなどできようはずはなかった。

「どこで知られたのであろう」

実務いっさいを太田彦左衛門に任せていた聡四郎は、首をひねった。

「御広敷《おひろしき》に通達をいたしましたので」

太田彦左衛門が答えた。

御広敷とは大奥のことを担当する役目である。御広敷番頭《ばんがしら》を筆頭に、御広敷番、御広敷伊賀者《いがもの》などが詰めていた。

「はああ」

勘定吟味役の職務は機密にかかわることが多い。その行動がこうも筒抜けでは、どうしようもないと聡四郎はあきれた。

「しかし、それとこれとのつながりがわかりませぬが」

年長で経験豊かな太田彦左衛門に対し、聡四郎はていねいな口調で接していた。

「簡単なことでござりまする。こうして、仕事を増やすことで、われらが大奥へ切りこむ準備をさせまいとしておるので」

「なるほど。十分な下調べなしでは、監察の効果もあがらぬと」

ようやく聡四郎は納得した。

「月千両という吉原からの運上金を吸いこんで、何一つ表に出そうとしない大奥へ、お灸《きゅう》を据えたいと思っておる勘定衆は多いのでございまする。ですが、それ以上に報復を怖《おそ》れておるのでございまする」

太田彦左衛門が、述べた。

「それに、十分な取り調べができず、何一つつかめなければ、水城さまとわたくしは無事ではすみませぬ。よくて配置換え、悪くすればお役ご免のうえ、閉門。そうすれば、目の上のこぶのような存在であるわたくしたちを、勘定衆は労せずして排除できまする」

大奥と勘定方の思惑が重なって、聡四郎を忙しくさせていると太田彦左衛門が種明かしをした。

「……はあ」

情けなさに、聡四郎は息を吐いた。

「なんのための勘定吟味役なのでござろうなあ」

「形式なのでございまする」

淡々と太田彦左衛門が言った。

「勘定吟味役は、幕府の金蔵《かねぐら》が空《から》になったことを知った五代将軍綱吉さまが、おつくりになられたもの。役人の無駄遣いを取り締まるのが目的でございました」

太田彦左衛門があきれた口調になった。

「もっとも、金を無駄遣いしたのが、綱吉さま御自身でござったことにお気づきではおられませなんだが……」

犬公方《くぼう》と陰口をたたかれたほどの綱吉である。生類憐《しょうるいあわ》れみの令に始まった犬をはじめとする動物の保護は度をこえていた。

江戸中の野良犬を一カ所に集めて保護した中野の犬屋敷は、餌代や人件費で年十万両という金を浪費した。他にも実母桂昌院《けいしょういん》が帰依した新義真言宗の僧隆光《りゅうこう》の勧めで、京、奈良の名刹《めいさつ》を再建したりと、綱吉は金を湯水のごとく浪費した。

「己《おの》が浪費を棚にあげて、配下の無駄遣いを取り締まろうなどとなさったところで、誰が従いましょう。上《かみ》するところ、下《しも》ならうのたとえもありますように、初手から勘定吟味役は形式だけでしかなかったのでございまする」

長く勘定衆勝手方として幕府の財政すべてを見てきた太田彦左衛門は、すでに達観していた。

「しかし、水城さまはよくなされました。近江守と紀伊国屋文左衛門、金座《きんざ》の後藤《ごとう》が組んでおこなった小判改鋳のからくりを暴いたり、ずっとなかったものとされてきた吉原の運上を表に出されたりと、十分に吟味役としてのお役目は果たされた」

「……」

己の功を言われるのは、おもはゆいものである。聡四郎は沈黙した。

「新井白石さまといえども、水城さまを切り捨てることはできませなんだ」

勘定吟味役という、家格からは就くこともできない役目に抜擢してくれた新井白石と、聡四郎は増上寺《ぞうじょうじ》を巡る一件《の》で仲違《なかたが》いしていた。

「誰も表で水城さまを除けることはできませぬ。水城さまを勘定吟味役から離すには、昇進させてしまえばよろしいが、それさえおこなわれておりませぬ」

栄達とは名ばかりで、そのじつ左遷という人事は、いくらでもあった。

「皆気づいたのでございまする。水城さまを勘定吟味役としておいておきたい人がいるということに」

「人……」

思いあたる人物が、聡四郎にはいなかった。

「さようでござる。それも、幕府の人事を恣意《しい》することのできるほど力をもったお方でございまする」

「……」

知らぬところで勝手に動かされている駒のような不快感を聡四郎は感じた。

「ただ、それほどのお方でも、大奥だけは別ものでござる」

「どういうことでござる」

「そのお方の目的がどこにあるにせよ、大奥を敵にまわしてはやっていけはしないのでございまする。たとえば、若年寄《わかどしより》から老中へあがりたいと願ったところで、大奥から反対の声が出ればそれまでなのでございまする」

「なぜに、そこまで大奥に力が……」

聡四郎は震えた。

「大奥は上様を抱えておりまする。大奥から一言あれば、それがご老中さまといえども終わりなのでございまする。あの者はふさわしくないと上様がおおせになられた。それを表に伝えるだけで……」

「ご当代さまは、ご幼少ゆえ、そのようなこともありましょうが……他の上様方はそのような」

「水城さま……お一人で数百の女と対峙《たいじ》できましょうか」

聡四郎の言葉を、太田彦左衛門がさえぎった。

「それは……」

「大奥へかよわねばよいというものではございませぬ」

太田彦左衛門が、真剣な顔をした。

「上様のお仕事で、なにがもっとも重要かおわかりでございましょうや」

「政《まつりごと》でござろう」

「いえ」

小さく太田彦左衛門が首を振った。

「なれば、政をまかせられる家臣を見いだすことでござろうか」

「それも違いまする。上様第一のお仕事は、お世継ぎをつくられることでございまする」

「……むう」

言われて聡四郎は絶句した。

「このようなことを申しあげるのは正しいとおもいませぬが……もし家綱さまにお世継ぎがおられ、五代をお継ぎになっておられれば……少なくとも生類憐れみの令は出されなかったでしょう。いや、五代さまにお世継ぎがおられても」

家綱に子があれば綱吉は五代将軍になれず、綱吉に男子があれば、多くの子を産む犬にあやかろうとして、生類憐れみの令を出すようなまねはしなかったはずだと、太田彦左衛門が言った。

「将軍は飾りだと……」

太田彦左衛門の意見を突き詰めていけば、そこにいたると聡四郎は気づいた。

「……………」

無言で太田彦左衛門が肯定した。

「大奥は、その次代をにぎっておるのでございまする」

太田彦左衛門が続けた。

「将軍の子供を産むことができるのは、大奥におる女のみ。そして生まれたお子は大奥で育てられるのでございまする」

「我が子を人質にされていると……」

「……………」

徳川の家人《けにん》として口にできることではなかった。ふたたび太田彦左衛門は無言になった。

「大奥の男子禁制は、将軍以外の男が入ることを許さぬとの他に、表の役人も手出しができぬとの意味があるのでござる」

「そこへ、わたくしたちは足を……」

「踏みいれようとしておるのでございまする。ただ……」

「ただ……」

口ごもった太田彦左衛門に聡四郎は先をうながした。

「その割りに反発がかなり弱く、婉曲《えんきょく》」

太田彦左衛門がささやいた。

「絵島の一件か」

「おそらく。絵島にかかわる調べと御広敷には伝えおりますれば、月光院《げっこういん》さま方にとって、邪魔でございましょうが、天英院《てんえいいん》さま方には、渡りに船」

月光院とは家継の生母である。大奥随一の権力者であったが、腹心の中臈絵島の不義密通などの一件で力を大きく落としていた。

一方の天英院は家宣の正室である。あいにく家宣との間にできた子が早世したことで、月光院の後塵《こうじん》を拝していたが、絵島の一件を利用して、大奥での覇権を握ろうと画策している。

「綱引きということか」

聡四郎は理解した。


江戸城出入りの人入《ひとい》れ屋相模屋《さがみや》伝兵衛《でんひょうえ》は、落ちつかなかった。

「いい加減になさいやし。親方」

右腕の職人頭袖吉《そできち》があきれた。

「そう言うがな……」

「百をこえる人足を押さえている親方とも思えやせんぜ」

「しかし、紅《あかね》のやつが、紀州さまでご無礼でもしていたらと考えると……」

相模屋伝兵衛が、眉をひそめた。

紅は相模屋伝兵衛の一人娘である。勘定吟味役水城聡四郎との婚約が整ったおり、町人と武士との身分のつりあいをとらねばなるまいと、紀州藩主徳川吉宗が紅を猶子《ゆうし》とした。今は嫁入り修業として、紀州家中屋敷に預けられていた。

「大丈夫でやすぜ。あのお嬢がだまってやられっぱなしなわけござんせん。きっちり、落とし前はつけていやすって」

「それが心配なのだ」

なぐさめにもなっていない袖吉の言葉に、よけい相模屋伝兵衛の顔は赤くなった。

「育てかたをまちがえたか。早くに母を亡くし、哀れなと気儘《きまま》にさせたのが、よくなかった」

「親方、それはいまさら言ったところでどうしようもございませんやね。失礼ながら、あれほどお侠《きゃん》な娘は、この江戸でもめずらしいでやんすからねえ。なんせ、将来の旦那、旗本五百五十石のご当主さまに、馬鹿って言い放つんでやすから」

袖吉が苦笑した。

「だから、気になるのだ」

話が最初へと戻った。

親から危惧《きぐ》されていると思ってもいない紅は、武家の無駄なしきたりにへきえきしていた。

「いけませぬ。紅さま。そのような箸遣いでは、笑われまするぞ」

紀州家中屋敷奥中臈が、紅の食事に苦情をつけていた。

「女が一箸で口にしてよい白米の量は、大豆の大きさ。それ以上多すぎますと、口に入れたときほおばるようで見苦しゅうございまする」

「………」

飯を喰う気をなくした紅は、汁に手を伸ばした。

「なりませぬ。汁物は食事の最後にきっちり終わるよう、配分をいたさねば。そのように汁を一気に口にされては、食事の最後で困りまするぞ。茶は、食事が終わるまで口になさることはできませぬゆえ」

中臈に注意されて、紅は汁も飲む気をなくした。

「そのように汁を口にされてはなりませぬぞ。汁をお代わりするようなまねは、みっとものうございまするゆえ」

「馳走《ちそう》でございました」

とうとう紅は食欲を失った。

「出されたものを残すことは、調理をいたした者への罰を意味いたしまする。体調がお悪いなら、食事を始められる前に申し出を。量を勘案させるなどいたさねば、場合によっては、台所役人が罷免となることもございまする」

「……食事くらいあたしがつくるわよ」

紅は口のなかで悪態をついた。

「なにか……」

「いえ」

すました顔で紅は、ふたたび箸を持った。

御三家ともなれば、中屋敷も大きく豪勢である。紅は吉宗の養女格として、大きな局《つぼね》を一つと世話係の女中を十数名つけられていた。

「いやがらせとしか思えない」

庭の散策でさえ、三人の女中がつきしたがうのだ。紅は独り言をいうのも難しかった。

「聡四郎さまのためでなきゃ、こんなもの我慢なんかしてやらないんだけど」

紅は疲れていた。

鏡に映る顔を見て、紅は嘆息した。

「食事と睡眠だけは、なんとかしておかなきゃ。やつれたんじゃ、あの馬鹿が気を遣うからねえ」

嫁入り修業というより苦行に近い毎日を、紅は耐えていた。

「よくもっておるな」

紅の様子を、吉宗の腹心、玉込め役頭川村仁右衛門《かわむらじんえもん》が見ていた。

「殿のお考えはわからぬが……勘定吟味役を縛るために相模屋伝兵衛の娘を遣われるような姑息《こそく》な方ではない。ただの気まぐれか。それとも天下を手にされたときに、水城をなにかに役だたせるおつもりか。猶子とはいえ、相模屋の娘と婚姻をなした水城は、紀州家、いや将軍家の一門となる。世俗の注視は集まる」

口にして川村が笑った。

「考える必要はないな。殿のなさることで誤りはない。我らはただご命にしたがえばいい」

川村は紅から目を離した。

「娘を帰してくれと申してきたが……大奥の一件を納めるまで待たせよとの殿のご意向じ

や。なにより、この中屋敷は玉込め役によって完璧に守られている。出せば、柳沢吉保あたりの手が伸びぬともかぎらぬでな。水城には大奥を少し押さえておいてもらわねばならぬ。殿が江戸城に入るに、邪魔をされては、面倒だ」

すでに川村は聡四郎の状況を把握していた。


聡四郎の下城が初めて暮れ六つ（午後六時ごろ）を過ぎた。

「ご苦労さまでございました」

つきあってくれた太田彦左衛門に聡四郎が頭を下げた。

「いえ、これが本来の勘定方の下城で」

太田彦左衛門がほほえんだ。

「これを毎日……」

慣れない書類にくたびれていた聡四郎は、嘆息した。

「道場で一日立ち稽古するほうが楽でござる」

「わたくしには、そちらがしんどそうでございまする。おそらく木刀を振ったら半刻《はんとき》（約一時間）も耐えられませぬ。ようするに慣れというもので」

「慣れでございまするか」

「なんでも毎日やっていれば、身体に染みついてくるものでございますよ」

「いかがでござろう、少し酒でも」

慰労をと聡四郎が誘った。

「いや、今日はご遠慮いたしましょう。ここ最近は六つ前に帰宅していたので、妻も待っておりましょう。またのおりに」

ていねいに太田彦左衛門が、断った。

「では、一件が片《じ》づいたおりにでも」

聡四郎も無理強いはしなかった。

待ちくたびれていた家士《かし》の大宮玄馬《おおみやげんば》が、聡四郎を見つけて駆けよってきた。

「殿、本日は遅うございました。なにかございましたか」

心配そうな顔で大宮玄馬が問うた。

大宮玄馬は、御家人《ごけにん》の三男であった。聡四郎とは一放流《いっぽうりゅう》の道場で同門である。金の動きという知られたくないものを探る勘定吟味役になった聡四郎の身辺を警護するために、道場主入江無手斎《いりえむてさい》の推薦で家臣となった。

「仕事が増えた」

「はあ」

大宮玄馬が、どう反応していいのかわからないといった顔をした。

「気にするな。やっと儂も勘定吟味役らしくなっただけのことだ」

聡四郎は、肩をすくめた。

「相模屋どのへ寄らせていただこう」

銀座にほど近い元大坂町に相模屋はあった。

紅が来なくなってから、聡四郎はほとんど毎日夕餉《ゆうげ》を相模屋で馳走になっていた。

「邪魔する」

すでに相模屋の店は終わっていた。江戸一の人入れ屋と思えない質素な障子を引き開けて、聡四郎はなかへ入《い》った。

「旦那、やっとお出ででござんすかい。遅いので、先に喰っちまおうかと、親方と相談していたところで」

袖吉が文句を言いながら出迎えた。

「すまぬ。ちと仕事がたてこんでな」

「仕事……旦那が」

聞いた袖吉が、驚いた。

「馬鹿にするな」

聡四郎が苦笑した。

「袖吉、おまえまで水城さまにご無礼なことを言うんじゃねえ」

奥から相模屋伝兵衛が叱った。

「お嬢が無礼だというのは、親方もわかっておられるようで」

首をすくめて、袖吉が笑った。

「今夜も馳走になりまする」

居間で聡四郎は、頭をさげた。

「お待ちしておりました」

相模屋伝兵衛も礼をした。

「今、袖吉とお話しになっておられたようでございまするが、急にお仕事が増えられたとか」

「いや、聞こえておりましたか。これは、申しわけないことでございまする」

「大奥の一件にかかわりが……」

聡四郎から相談を受けた相模屋伝兵衛は、大奥への手入れも承知していた。

「ではないかと、太田どのが言われてましたが、拙者にはわかりませぬ」

正直に聡四郎は告げた。

「大奥は一筋縄では参りませぬ」

幕府にかかわるすべての人足仕事へ人を出している相模屋は、大奥へも職人を派遣していた。植木の剪定《せんてい》、畳の表替え、壁の塗り替えなどである。

「相模屋伝兵衛どのも大奥へ」

聡四郎が目を見張った。

「植木屋や畳屋など、大奥へ出入りできる店は決まっておりまするが、ともに短い期間で仕事をやり終えねばなりませぬゆえ、足りない職人をわたくしどもが、手配いたすのでございまする」

相模屋伝兵衛が、大奥は別だと言った。

「職人を出した以上、わたくしに責任がございまする。いつもなら毎日わたくしが、齟齬《そご》や手抜きがないか見回りまする。それが大奥では許されないので。まあ、食事をいたしながらお話しいたしましょう」

用意された膳を男四人が食し始めた。

「とにかく男がいることを許さぬので。例えば、植木屋が入るときは、庭を見られる大奥すべての窓、障子、扉を白布で覆い、目隠しをいたすので」

「ほう」

おかずを持った箸を聡四郎は止めた。

「厳重をとおりこして、異常でございますな」

大宮玄馬があきれた。

「しかし、将軍の正統を守るにはいたしかたないであろう」

聡四郎は、大奥のやり方を認めた。

大奥に入れる男は将軍一人である。これは大奥で生まれた子供すべてが将軍の血を引いているとの証《あかし》であった。

「正統でやすか」

袖吉が笑った。

「今、大奥で妊婦がでりゃあ、騒動でやしょうねえ」

家継はようやく六歳になったばかりである。とても子供をつくることはできなかった。

「ううむ」

言われて聡四郎はうなった。六代将軍家宣から、家継の傅育《ふいく》を任された間部《まなべ》越前守《えちぜんのかみ》詮《あき》房《ふさ》が、大奥へ自在に出入りしていることは周知であった。

いや、間部越前守が家継の生母月光院と男女の仲であることを知らぬ者はいなかった。

「五代綱吉さまの故事にならって、月光院さまを間部越前守さまのもとへ下げ渡されることはできやせんでしょうし」

将軍生母は、大奥で最大の権力者であった。それを寵臣とはいえ、家臣の妻あるいは側室にすることはありえなかった。

「正統がくずれる」

ことの重さに、しばらく無言が続いた。

「……ねえ、旦那」

袖吉が口を開いた。

「なんだ」

なにげなく聡四郎は応じた。

「今の上様……家継さまは、誰のお子さまなんでやしょうねえ」

「……な、なにを」

聡四郎は絶句した。

「大奥が正統を守るためにあるならでやすよ」

椀を袖吉は、膳へと置いた。

「外で産まれた家継さまの正統はどなたが証明してくださるんでやしょう」

袖吉が核心を口にした。

「そ、それは……」

どうにも聡四郎には答えようがなかった。否定することは簡単だが、正解の保証を聡四郎はもっていないのだ。

「おい、袖吉」

相模屋伝兵衛が、止めた。

「親方、あと一つだけ……」

制止を袖吉は押し切った。

「家継さまが、正統ならば、大奥以外で産まれたお方にも将軍になる資格はおありになる。そうなりはしやせんか。でなきゃ、御三家さまの意味がねえ」

「……ううむ」

袖吉の言葉は、聡四郎から食欲を奪っていった。

「将軍さまのご落胤《らくいん》というお方が名乗り出てきたとき、否定するだけのものを御上《おかみ》はお持ちになっておられやすか」

「……………」

聡四郎は沈黙するしかなかった。

「もしものとき、御上はどう対処なさるんでやしょう。正統を守るために消しやすか」

静かになった部屋に、袖吉の声が染みていった。

三

夕餉を終えて帰途についた聡四郎と大宮玄馬の間に会話はなかった。

元大坂町から聡四郎の屋敷がある本郷御弓町《おゆみちょう》までは、半刻（約一時間）ほどの距離である。その間には湯島聖堂や、加賀前田《まえだ》百万石の上《かみ》屋敷など大屋根がいくつもあった。

「玄馬、先に戻っておれ」

神田川を渡ったところで、聡四郎は足を止めた。

「どちらへ」

大宮玄馬が問うた。

「少し話を訊《き》きたい相手がいる。吉原まで行って参る」

「殿、それはお控えになられたほうがよろしいかと存じまする」

聞いた大宮玄馬が止めた。

「すでに暮れ六つ（午後六時ごろ）を過ぎておりますれば、旗本が大門《おおもん》をくぐってよい刻限は終わっておりまする」

「遊びに行くわけではない」

聡四郎は抗弁した。

武家の門限は暮れ六つと定められていた。無届けで門限を破ると罪となった。絵島の一件もさめやらぬ時期に、勘定吟味役が吉原へ夜遊びに出たと知られれば、ただではすまない。お役ご免は当然、下手すれば減禄、最悪お家取りつぶしにもなりかねなかった。

「勘定吟味役のお役目として参るのだ。誰になにを言われることもない」

強い口調で聡四郎は、述べた。

その職責上、勘定吟味役にはかなりの融通が認められていた。調査の内容を報告する義務もなく、江戸城への出仕も時刻に縛られず、急に休むことも許されていた。

「されど、殿の場合は、四面楚歌ではございませぬか」

大宮玄馬はなおも止めた。

聡四郎を敵と狙う人物にはことかかなかった。

紀伊国屋文左衛門、柳沢吉保、伊賀忍者、紀州玉込め役、間部越前守、そして謎の黒装束と、わかっているだけでこれだけいた。

「動かねば、なにもできぬ」

書類からなにかを掘り出すだけの能力を、己は持っていないと聡四郎は自覚していた。

「さようとは存じまするが……では、なぜ吉原なのでございまする」

かかわりが見えないと大宮玄馬が質問した。

「女の城大奥へ攻めこむのだ。女の砦《とりで》である吉原こそ、攻略を問うに最適ではないか」

聡四郎は神田川沿いの道を東へととった。大宮玄馬があわてて供についた。

吉原は浅草の北、日本堤《にほんづつみ》にそった田圃《たんぼ》のなかにあった。日本橋から浅草に移転してからは、念願の昼夜見世《みせ》が許され、夜半子《ね》の刻（午前零時ごろ）まで大門を開けていた。

「ごめん」

大門をすぎ、仲町通りを二筋進んだ右にある西田屋《にしだや》の暖簾《のれん》を聡四郎はくぐった。

「これは、水城のお殿さま」

土間で客待ちをしていた忘八《ぼうはち》が、すぐに気づいた。

「ちょいとお待ちを。すぐに惣名主《そうなぬし》さまへ」

忘八が急いで、奥へと入っていった。

「おめずらしい」

西田屋甚右衛門《じんえもん》が顔を出した。

「すまぬな。忙しいときに」

聡四郎は頭をさげた。

「どうぞ。わたくしの部屋でよろしゅうございましょうか。なんでしたら、女のところでも」

「いや、西田屋どのとお話がしたいのだ」

遊びに来たのではないと、聡四郎は告げた。

「なにか、吉原に不都合でも」

居間で座を決めた西田屋甚右衛門が、口火を切った。

かつて聡四郎は吉原から幕閣へ差しだされていた闇運上にかかわった経緯があった。徳川家康から許されたご免色里《いろざと》といえども、勘定吟味役の手はさえぎれなかった。

「いや。そうではござらぬ」

聡四郎はまず西田屋甚右衛門の不安を取り除いた。

「今宵は、吉原惣名主どのにお教えいただきたいことがあって夜中承知で参上いたしました」

「惣名主に……西田屋甚右衛門ではなく」

西田屋甚右衛門の顔が変わった。

惣名主は、ご免色里吉原のすべてを統括した。

関ヶ原の合戦に出向く家康を、西田屋の先祖庄司甚内《しょうじじんない》が、品川で遊女に接待させたことで、江戸の遊郭が公認された。この功績をもって代々の西田屋甚右衛門が惣名主として、吉原に君臨していた。

「おうかがいいたしましょう」

座りなおして、西田屋甚右衛門が聡四郎を見た。

「吉原で遊女が孕《はら》むことはござろうか」

「ございまする。男が女を抱く。すなわちそれは子を作ることにつながりまする」

西田屋甚右衛門が首肯した。

「無礼はご寛容願いまする。遊女は、日によって相手を替える者。もし、己に子ができたとして、どの男との間になしたものか、わかりましょうか」

聡四郎は尋ねた。

「わかりまする」

即座に西田屋甚右衛門が肯定した。

「もっとも、一日に何人もの客を取らざるをえない端《はし》遊女は別でございまするが、馴染《なじ》み客だけを相手にする格子《こうし》、太夫《たゆう》にはわかりましょう」

そう言って、西田屋甚右衛門が手をたたいた。

「へい、お呼びで」

襖《ふすま》が音もなく開けられ、忘八が顔を出した。

部屋の隅に控えていた大宮玄馬が、息をのんだ。

「馬鹿な、気配などなかった」

大宮玄馬は師入江無手斎から一放流小太刀《こだち》の創始を認められるほどの逸材である。その大宮玄馬にさえ気づかれず、忘八がずっと廊下に潜んでいた。

「これは気づかぬことをいたしました」

西田屋甚右衛門が詫びた。

「この者は、家蔵《やぞう》と申しまする。もと北国の某藩に仕えていた忍でございまする」

「藩名はご勘弁を。家蔵でございまする」

家蔵が平伏した。

「忍とは、ここまで……」

言われても大宮玄馬は納得できなかった。

「家蔵、お話ししなさい」

西田屋甚右衛門がうながした。

「へい。忍でありましたころは、ここまで気配を消すことはできやせんでした」

家蔵が話した。

「どういうことだ」

聡四郎も興味を持った。

「とあることで藩におれなくなり、江戸へ出てきたまではよろしいが、いまどき忍を雇うような大名はなく、他に能もないわたくしは、夜盗となるしかございやせんでした」

「…………」

大宮玄馬も口を出すことなく聞き入った。

「盗みは簡単でございました。毎晩、毎晩、商家の蔵、大名の金蔵を荒し、小判を鷲づかみにしておりやした。金ができれば男のすることは決まっておりやす。女と酒に溺れ、日々の鍛錬も忘れはてました」

淡々と家蔵が語った。

「技のきれを失ったことにも気づかないありさまで、ついに忍びこんだ屋敷で見つけられやした。なんとか逃げだせましたが、懐に入れていた財布を落とし、身元を知られることとなり、町奉行の手を逃れるため、あっしは吉原へ逃げこみやした」

吉原は法の外、大門のなかにいるかぎり、人殺しといえども捕まることはなかった。忘八のほとんどは、家蔵どうよう、世間にいられなくなった連中であった。

「それがどうして……」

たまらず大宮玄馬が問うた。

「死んだからでございますよ」

答えたのは西田屋甚右衛門であった。

「吉原の忘八が罪科《つみとが》から逃れられるのは、常世《とこよ》の存在ではなくなるからで」

「常世の……」

「はい。死人となるからでございまする。吉原の主人は女。女が身とこころを削って稼いだ金で生きているのでございますれば、男は女の盾にならなければなりませぬ。覚悟のない者は吉原といえども不要。その覚悟こそ、死」

西田屋甚右衛門が言った。

「死人」

聡四郎は家蔵を見た。

「覇気《はき》がない」

「死人は、なにも欲しがりやせん。死人に明日はござんせん」

家蔵が重い声で述べた。

「気配がなくて当然か」

ようやく聡四郎は理解した。

忘八は生きていないのだ。生きていない者は、岩や木と同じである。気配を漏らすことはなかった。

「家蔵」

「へい」

西田屋甚右衛門に命じられたとたん、家蔵からすさまじい殺気があふれた。

「くっ」

思わず大宮玄馬は身構えた。

「ご無礼を。おい」

「へい」

部屋を圧するばかりであった殺気が霧散した。

「西田屋どの」

聡四郎は説明を求めた。

「死人が生き返るありさまをご覧にいれましてございまする。吉原の忘八は、惣名主の一言でよみがえり、目的を果たしまする。忘八の命は吉原のためにあるので。吉原のためならば、死ぬことも怖れませせぬ。怖れるわけなどございませせぬな。最初から死んでおるのでございますれば」

目的がなんなのか、あらためて訊く必要はなかった。

「なるほど……」

吉原の闇をかいま見た聡四郎は、はげしい喉《のど》の渇きを感じた。

「薄雪《うすゆき》さんを呼んできておくれ」

「お客さまがお見えでやんすが」

家蔵が伺いをたてた。

「申しわけないが、ちょいと抜けてもらっておくれ。お詫びはちゃんとあとでさせていただくからね」

「へい」

それ以上言わず、家蔵が首肯した。

待つほどもなく、薄雪が入ってきた。

「てさま、お呼びでありんすか」

薄雪は寝乱れた格好をなおそうともせず、胸乳《むなち》を見せたまま問うた。

「ああ、薄雪さん。すまないね。お馴染みさんと楽しんでいただろうに」

「いえ、一度終わって休んでいたところでありんしたから……」

ちらと薄雪が、聡四郎たちを見た。

「ああ。こちらはね、勘定吟味役水城聡四郎さまだよ。ちょっと訊きたいことがあると、お見えでね」

西田屋甚右衛門が紹介した。

「水城聡四郎だ。すまぬな。呼びたてて」

聡四郎は詫びた。旗本が遊女に頭をさげるなどあってはならないことである。

「……薄雪でありんす」

一瞬驚いたような顔をして、薄雪が名のった。

「こういうお方なんだよ」

笑いながら西田屋甚右衛門が述べた。

「水城さま、この薄雪は今年春に子を産んでおりまする」

「そうか。薄雪どの。ちと尋ねさせていただきたい。子を産まれたとのことだが、相手の男が誰かわかっておられるのか」

「……あい」

ちらと不快そうに眉をしかめた薄雪だが、うなずいた。

「すまぬ。最初に謝っておく。その根拠を教えてくれぬか」

女にとって、辛《つら》いことを問うていると聡四郎はわかっていた。

「おわかりになりながら訊かれるのは、野暮でござんすが。ててさまのご紹介とあればむげにもできやせん。お答えいたしやしょう」

流すような目で、薄雪が睨《にら》んだ。

「女の勘……もっともはそれでござんすが、じっさいは、直前の月のものの終わりとか、その日の身体の調子とかで、わかるのでありんす」

「ふうむ」

聡四郎は西田屋甚右衛門を見た。

「こればかりは、吉原惣名主と申しましたところで、しょせんは男。理解の範疇《はんちゅう》をこえております る」

西田屋甚右衛門が首を振った。

「なれど、もの心ついてからずっと吉原の女を見て参りましただけに、申せまする。女がおらずば、人は生まれませぬ。その不思議を身体に抱えた女には男ではわからぬ能力があって当然かと」

「なるほど」

理路はたっていなかったが、聡四郎は腑に落ちた。

「いろいろとお世話になり、かたじけない」

聡四郎は礼を言って、立ちあがった。

「旦那さま」

乱れた衣服を整えながら、薄雪が声をかけた。

「女には三つの顔がありんす」

「三つ」

「あい。娘の顔、女の顔、そして母の顔」

薄雪が告げた。

「ただ、二つの顔は仮面なのでござんすよ」

「仮面だと」

「生まれたときは娘の顔。やがて恋を知り、男を知って女の顔になりやんす。そうなれば娘の顔は仮面に変わるのでありんす」

婉然《えんぜん》と薄雪が笑った。おもわず聡四郎も引きこまれそうになるほど妖艶《ようえん》な女の顔であった。

「やがて女は子を産み、母となりやんすが、それは子を見るときだけの仮。本性は女のまま。母の仮面の下に隠しているだけ」

「……」

「女を知りたければ、娘でも母でもない、女の顔をしているときに、お抱きなんし。そのとき見せた顔が、その女の本性、本音」

「女の本性……」

「てさま、あちきは主《ぬし》さまのもとへもどらせていただくでありんす」

聡四郎の反応を見ず、薄雪が背を向けた。

「ご苦労だったね」

去っていく薄雪を、西田屋甚右衛門がねぎらった。

「殿、われらも……」

大宮玄馬が帰ろうとうながした。

「ああ。西田屋どの、世話になった」

「いえ、なんのおかまいもいたしませず」

西田屋甚右衛門は引き止めなかった。

「よかったのかねえ。薄雪さんと会わせて」

見送って戻ってきた家蔵に西田屋甚右衛門がつぶやいた。

「どうでござんしょう」

家蔵は是非を口にしなかった。

「毎日違う男に身を開かなければいけない。好きでもない男の精を受け、いつ子ができるかと怖れながらも、拒むことは許されない。まともな女なら狂う。そんな生活を二十八歳になるまで強いられる。吉原の遊女を女と見ては大きなまちがいをおかすことになりかねない」

「それでも惣名主さまは、水城さまに薄雪さんを引き合わせた」

ゆっくりと家蔵が首をあげた。

「女の業《ごう》を教えるため。いえ、女にだけ許される嘘を見せるため」

「ふっ。やはりわかっていたかい。薄雪はしっかり見抜いていたようだけど。そう。女にだけ許される嘘。お腹《なか》の子の父親はあなただと告げること。そこに男の否定は無でしかない。水城さまは、おわかりになられたのか」

不安そうに西田屋甚右衛門が言った。

吉原から帰った聡四郎は、大奥へ手を伸ばすことの難しさにうちひしがれていた。

もともと大奥の持つ不可侵の壁に開いた小さな穴を拡げよと新井白石に命じられたのが始まりであった。絵島という穴は、三代将軍家光《いえみつ》の乳母春日局《かすがのつぼね》が作りあげた闇に光を入れた。年何万両という金を吸いこんでいた闇に、監査の手を入れる理由となった。

幕府の財政はすでに破綻《はたん》している。

天領からあがる年貢、船や酒にかけた運上《うんじょう》、長崎での交易のあがり、これらすべての収入より、支出が大きくうわまわっていた。

徳川家康が豊臣《とよとみ》家を滅ぼして奪い取った数百万両の金も、すでになくなっていた。諸藩に参勤交代を強い、お手伝い普請という名の浪費を押しつけて、その財政を潰し、大名家の力をなくす。幕府がおこなってきた策が、形を変えて徳川に返ってきていた。

「いま食い止めねば、徳川は滅びる」

六代将軍家宣は、幕府を支えるために思いきった施政をうちだそうとしたが、就任後わずか三年で死去した。

「ご遺志お継ぎせねば、申しわけなし」

明日の米さえない浪々の立場から、若年寄格幕政参画の身分にまで引きあげてくれた家宣を神のごとく崇《あが》めていた新井白石は、いっそう改革に固執した。

しかし、権力者の交代で、若年寄格を奪われ、幕政に参与できなくなった新井白石は、大手柄をたて、ふたたび執政に返り咲こうとして、あがいていた。

「大奥を跪《ひざまず》かせる」

新井白石は、最大の禁忌大奥へ目をつけ、その先兵として聡四郎を送りこんだ。

「どこから手をつければいい……」

迷いを生じた剣術遣いは、道場へ戻る。

聡四郎は、翌日登城せず、まっすぐ入江道場へと向かった。

一放流入江道場は、本郷御弓町からほど近い駒込《こまごめ》村にあった。

「ふん。来たか」

宿敵との決着をつけた戦いで、右腕を痛めた入江無手斎は、弟子たちに教えることができなくなったと道場を閉めた。だが、師範代格であった聡四郎と大宮玄馬だけが、出入りを許されていた。

「おじゃまをいたしまする」

聡四郎は、道場に入らず、縁側で頭をさげた。

「またぞろ悩みか。情けないの」

あきれた顔で入江無手斎が言った。

「あがれ」

「ごめんを」

許しを得て、聡四郎と大宮玄馬は道場へ足を踏みいれた。

入江無手斎が、上座に腰をおろした。

「やってみせよ」

二人に稽古試合を命じた。

聡四郎と大宮玄馬は、無言で道場の壁にかけられている袋竹刀《ふくろしない》を手にした。馬の裏革を袋にして、割れ竹を入れた竹刀は、当たってもまず大怪我《おおけが》はしない。思いきった踏みこみを必要とする一放流になくてはならない稽古道具であった。

聡四郎は定寸の竹刀を、大宮玄馬は短い小太刀型のものを手にした。

道場の中央に聡四郎と大宮玄馬は三間（約五・四メートル）の間合いを空けて対峙した。

「始め」

入江無手斎のかけ声がかかったとたん、大宮玄馬が突っこんできた。小柄な大宮玄馬の動きは、俊敏であった。

迷いを持っていたぶん、せつな遅れた聡四郎は、あわてて後ろへ跳んで間合いを空けた。

「……ふん」

上座で入江無手斎が鼻を鳴らすのが聞こえた。

「りゃあああ」

立て続けに、大宮玄馬が迫ってきた。

刃の短い小太刀は、相手の懐にはいりこむほど接しないと届かなかった。太刀の間合いでは、小太刀に勝ち目はなかった。

「おう」

聡四郎はかろうじて竹刀で、小太刀を弾いた。

「……ふっ」

大宮玄馬が姿勢を低くし、ぶつかったところを支点に潜りこもうとした。

「ちい」

上から竹刀を押さえ、聡四郎は大宮玄馬の動きを規制しようとした。小柄な大宮玄馬の身体がより沈んだ。

「やああ」

鋭い気合いを吐いて、大宮玄馬が頭上になった小太刀を振った。

「それまで」

入江無手斎が止めた。

「おまえの負けじゃ。聡四郎」

「はい」

聡四郎もわかっていた。

大宮玄馬の小太刀は、聡四郎の臑《すね》を撃つ寸前で止められていた。

「ご無礼をつかまつりました」

すばやく大宮玄馬が、離れて平伏した。

「ここは道場じゃ。世俗の身分を持ちこむ必要はない」

入江無手斎が、大宮玄馬を立たせた。

「聡四郎」

にらむような目で入江無手斎が見た。

「なににおびえておるのだ」

入江無手斎は聡四郎の怖れを読んでいた。

「恥ずかしながら……」

聡四郎は、ここ数日のことを語った。

「なるほどの」

聞いた入江無手斎がうなずいた。

「女が怖くなったか」

「はい」

「情けないことを……などとは言わぬ。儂も怖い」

「えっ」

聡四郎より大宮玄馬が驚いた。

「儂がなぜ嫁をとらなんだか、わかるか」

入江無手斎が聡四郎に問うた。

「剣の修行を続けられるためでござったのではありませぬか」

聡四郎は答えた。

「それもある。剣の修行は高みを目指せば目指すほど、失うものが増える。戦いというのは、本能じゃ。本能を強くせねば、剣の腕はあがってくれぬ。気配を感じる、これなどまさに獣の本能だからな。雄の野獣は巣を作らぬ。必要なときに雌を犯すだけで、生まれた子供など見向きもせぬ。剣豪を目指すならば、嫁を、巣をもってはいかぬ。人の女は、獣の雌のようにはいかぬからな」

入江無手斎が語った。

「だが、それだけではない。のう、聡四郎。そなた剣の声が聞こえるときがあろう」

口調を柔らかくして入江無手斎が質問した。

「……聞こえるとまでは申しませぬ。しかし、剣の望んでいることがなんとなく伝わったことはございまする」

聡四郎はうなずいた。

剣の声とは、技を出している最中に、ふと次がひらめくことである。真剣で戦っているとき、撃ちだした剣から、いろいろなことが手元に伝わってくることがままあった。

「であろう。儂もある。真っ向からの一撃を撃っている最中に剣の左が重くなったりする。さからうのではなく、そのとおりに引っ張られてやると、思っても見なかった相手の反撃を受け止めることができたりする」

満足そうに入江無手斎が続けた。

「もの言わぬ剣とでも修行を重ねれば、通じあう。しかし、女はわからぬ」

入江無手斎が首を振った。

「儂とて金石ではないでな。女を抱いたことはある。いや、一度は嫁をもらおうかと思ったほどじゃ」

「それは初めておうかがいいたしまする」

大宮玄馬が身を乗りだした。

「まだ儂が三十を過ぎたばかりのときよ。諸国修行中にたちよった道場で働いていた女とそういう仲になっての」

苦笑いしながら入江無手斎が話した。

「半年ほど一緒に住んだが、とうとうわからなかった。こう行けばああ返ってくるというものがないのだ。いくらわかろうとしてもだめであった。剣術遣いというのは、頭が固いでな。理《ことわり》と法に縛られてしまっておる。打てば響いてくれねば途方にくれる。ましてや、打ってもないのに響かれてみよ、どうしたらいいのかわからぬぞ」

「……」

聡四郎は返答に困った。たしかに聡四郎も紅に振りまわされている。もっともそれは嫌ではなかった。

「いま、相模屋伝兵衛の娘を思いだしたであろう」

あっさりと入江無手斎が見抜いた。

「はあ……」

「一年前なら、そなたは儂と同じであった。継ぐべき家もなく、明日も見えなかった。剣に溺れるしかなかったときの聡四郎ならな。しかし、そなたは兄の不幸があったとはいえ、家を継ぎ、役目も得た。明日があると確信できている。聡四郎、おぬしは剣術遣いから旗本へ変わりつつあるのだ。なればこそ、紅どのを受けいれている」

入江無手斎が述べた。

「それは悪いことではない。人は子を産み育てるのが仕事。我らがいびつなのだ。いびつなればこそ、女の恐ろしさを知っているのだ。吉原もそうだ。西田屋甚右衛門は、女の恐ろしさを知り尽くしている。他のことはわからぬが、女にかかわることだけは、西田屋甚右衛門を信じるな」

「嘘いつわりだと……」

「大奥も同じ。女数百に男一人。これがまともか。違うであろう。おぬしがとまどっておるのは、そこではないのか。吉原、大奥、江戸を代表するいびつな場所へ、おぬしは足を踏みいれることになったからこそ、怖れているのだ」

一度、入江無手斎が言葉をきった。

「剣の死合《しあ》いだと思え。初めて対峙する敵だと考えよ。どう来るかわからぬ敵には、後の先で受けから対応するか、先の先で初手から主導を手にするか、二つの方法しかないであろう。なにを悩む、聡四郎」

「……………」

聡四郎は息をのんだ。立ちこめていた暗雲に、光がさした。

「おぬしは、試合の前に敵のことを調べすぎたのだ。よぶんな知識を詰めこんだことで迷ってしまった。なにも考えるな。そのとき、正しいと思う対処をすればいい。儂は、その気構えを教えたはずだ」

「……はい」

入江無手斎の言葉に、聡四郎は少し楽になった気がした。

第二章　南海の龍

一

永渕啓輔は、火の消えたような城下町を見わたした。

「同じ御三家でも名古屋とは違うな」

五十五万石とは思えないほど、和歌山の城下は質素であった。

「名古屋では庶民が生き生きと動いていた。それがどうだ。和歌山では、まるで息をすることさえ禁じられたように静かではないか」

怪しまれぬよう、ところどころの家に入り、商売のまねごとをしながら、永渕啓輔はあきれていた。

「ごめんを。小物はいかがで。いま江戸ではやりの櫛、簪《かんざし》、帯留めなどをご覧になってくだせいやし」

「江戸小物かい。だめだめ。ご城下じゃ贅沢なものを身につけることはご禁制なんだよ。さあ、帰った帰った」

背中の荷物を降ろすまもなく、永渕啓輔は追いだされた。

「ご禁制ときたか」

苦笑しながら、永渕啓輔は木賃宿を探した。

木賃宿とは商売人や貧しい者が利用する宿である。旅籠《はたご》と違い、ただ、雨露をしのぐ屋根があるだけで、夜具も食事もいっさいついていない。大部屋に詰めこまれるだけ詰めこまれ、己の荷物を枕にかろうじて足が伸ばせるだけというのが普通であった。

その代わり、客はわずかな宿代と煮炊きに使った薪《まき》の費用を払うだけですんだ。

「ごめんよ。泊めておくんなせえ」

城下はずれにある小汚い木賃宿に、永渕啓輔は草鞋《わらじ》を脱いだ。

「客人かえ」

出てきたのはくたびれた初老の男であった。

「一日四十文、薪賃は束で精算だよ。何日くらいいるつもりだい」

「まずは五日。商売になりそうならもう少し延ばしやす」

「二百文、前金だよ。部屋はあがったところ。煮炊きはそこの土間を使っておくれ」

主が手を出した。

「じゃ、これで」

永渕啓輔は一朱わたした。

一朱は一両の十六分の一にあたり、相場で変動したが、おおむね二百五十文にあたった。

「つりかい……」

「いや、まあ、おつりは挨拶ということで、とっておいてくださいな」

「そりゃあ、悪いな」

初老の主のほほがゆるんだ。

「その代わりと言っちゃなんでやすが、教えてくれやせんか。商売にはどのあたりが向いてやすかね」

「おまえさんは、なにを売りに来たんだい」

「江戸小物で」

永渕啓輔は荷物を降ろして、商品を開いた。

漆塗りや金箔銀箔を押した櫛、鼈甲《べっこう》を細工した簪などを見た主が首を振った。

「こりゃあ、だめだ」

「えっ。江戸でも評判の職人が作ったもので……」

驚いた顔を永渕啓輔はした。

「お江戸はどうかは知らないが、和歌山じゃ売ってはいけないのだよ」

主が首を振った。

「絹もの、華美な飾りものを禁じるというお達しが出ていてね。食事も婚礼などの祝いの席でないかぎり、一汁二菜までと決まっている」

「お殿さままでやすかい」

さりげなく永渕啓輔が水を向けた。

「今のお殿さまになってから、諸事倹約の旨を発せられてね。派手や贅沢ごとは禁止になったのさ。うちのような木賃宿はまだいいが、旅籠は大変らしいよ。上客を泊める部屋が使えなくなったというからねえ」

「倹約でござんすか。しまったなあ」

「どうしたんだい」

困った表情をした永渕啓輔に、主が問うた。

「それが、御三家さまのご城下ならと多い目に仕入れてきたもので。いえね、先日名古屋のご城下で商いさせていただいたときに、羽がはえたように飛ぶように売れたもので、つい二匹目の泥鰌《どじょう》を……」

名古屋は繁華だったと永渕啓輔はぼやいてみせた。

「災難だったな」

主がなぐさめた。

「では、さっさとあきらめてもう一度名古屋へ行ったほうが……」

「いやいや。せっかく来たんだ。五日分の宿代も払ったことだし、すこし気張ってみてはどうだい。それに、客に顔を売っておけば、先々で得をすることもある」

肩を落とした永渕啓輔に、宿泊代を返したくない主が声をかけた。

「……へえ。そういたしやす。で、わたくしの寝床はどこで」

荷物を片づけながら、永渕啓輔が訊いた。

「どこでも好きにしてくんな。客はおめえさんだけだからな」

主の興味は、永渕啓輔から離れた。

「……へい」

永渕啓輔は、万一のときの逃げ口となる小さな月見障子近くの片隅を居場所とした。

宿を決めた永渕啓輔は、荷物をふたたび背負うと、城下へと出た。

和歌山城の歴史は豊臣秀吉《ひでよし》にまでさかのぼる。最後まで抵抗を続けた紀州根来衆を討伐した秀吉は、紀州の押さえとして弟秀長《ひでなが》を配し、城を築かせた。関ヶ原の合戦のあと、東軍に参加した秀吉の妻ねねの妹婿浅野幸長《あさのよしなが》が、三十七万石余りで和歌山に封じられ、城も改修拡張された。浅野が広島へ転封されたのち、二代将軍秀忠の弟頼宣が駿河から入国した。天下の名城駿河城を取りあげられた頼宣の不満をうけて、秀忠は五千貫の大金を与え、和歌山城の改修を許した。

お許し普請と調子に乗りすぎ、謀反を疑われるほどの大改修をして和歌山城は完成、今の吉宗が五代目の城主であった。

「天下普請とされた名古屋には劣るがなかなかの城よな」

名古屋城は家康が大名たちに人と金とものを出させて作りあげた名城である。それに比して和歌山城は、頼宣一人の力で作りあげたにひとしかった。頼宣の気概を水渕啓輔は感じていた。

「どれ、そこらの武家屋敷に入ってみるか」

水渕啓輔は、城の堀外に拡がる武家屋敷の潜《くぐ》りを叩いた。

武家屋敷の正門は開かれていても、庶民は入れなかった。かならず門脇の潜りに訪《おと》ないをいれ、そこから出入りしなければならなかった。

「ごめんを」

「なんじゃ」

立派な長屋門を持つだけあって、すぐに門番が潜りを開けて顔を出した。

「江戸小物を商っておりまする。奥さま、お姫さまに是非ご覧を」

「ならん、ならん。櫛簪の類《たぐい》は、あらたに買い入れることまかりならぬとのお達しじゃ。帰れ」

門番が音をたてて潜りを閉めた。

「へええ」

情けなさそうな顔をしながら、永渕啓輔は隣の屋敷へと移った。

十軒ほど訪問したが、どこも同じ対応で追い返された。

「やれ、紀伊国屋の申すとおりよな。無駄遣いを止《や》める倹約はよいが、なんでもかんでも買うなでは、人が勢いを失う。よく言ったものだ。ものが売れねば、商売人は儲からぬ。商品があまるので、職人への注文が減る。仕事のない職人は、金がなくてものを買わなくなる。どうどう巡りでどんどん悪くなっていく。倹約のしすぎはかえって、世を貧しくする。金にかかわることは、紀伊国屋の言うとおりだな」

落胆した風情を見せながら、永渕啓輔は周囲への警戒を怠っていなかった。

「あれか」

「うむ」

肩を落として歩く永渕啓輔を、二人の侍が見張っていた。

「木賃宿の主から報告のあった他国者《よそもの》。江戸小物の行商人ということだが……」

二人は和歌山藩の徒目付であった。

東海道や中山道《なかせんどう》などの街道沿いにある藩は別にして、多くの大名は自国内に他国者が入ることを警戒していた。

とくに和歌山藩は、初代頼宣がなんどとなく幕府から謀反の疑いをかけられたことで、領内に隠密が入ることを怖れ、他国者を警戒していた。旅籠、木賃宿はもちろん、寺社や商家も他国者を滞在させるときは、届け出なければならなかった。

「なんということはなさそうでござるな、阿相氏《あそう》」

「宿屋によると五日の滞在とのことでござる。わずかな日数なれば、隠密ということはござるまい」

阿相も首肯した。

「とりあえず、明日も確認はいたしましょう」

二人の徒目付は、永渕啓輔を残して役所へと帰っていった。

藩主がお国入りしていると、城下の雰囲気が違った。とくに厳格な吉宗が在城しているのである。藩士たちの気構えも引き締まっていた。

「本日城下に入った他国者は……」

徒目付からあげられてきた報告を、吉宗が読んだ。

早死にした兄二人のお陰で五代藩主となった吉宗は、初代頼宣の野放図《のほうず》さ、二代光貞《みつさだ》の怠慢によって崩壊した藩政を建てなおすため、自らすべてを差配していた。

「定八《さだはち》……」

本丸御殿書院の間で政務を執っていた吉宗が、下段の間片隅に控えている腹心を呼んだ。

「はっ」

すぐに藪田《やぶた》定八が、上段の間へと伺候《しこう》した。

「みょうだと思わぬか」

吉宗が、書付を投げだした。

「拝見つかまつりまする」

膝《ひざ》ですり寄って藪田定八が、書付を手にした。

「江戸小物でございまするか」

すぐに藪田定八が気づいた。

「うむ。紀州が倹約を打ちだして三年になる。和歌山はおろか紀州のどこへいっても新しく飾りものを買う者などいないことぐらい、商売人なら知っておるはずじゃ」

「仰せのとおりでございまする」

「それと……」

もう一枚の書付を、吉宗が取りだした。

「松坂に出していた利右衛門が、行《ゆ》き方《がた》知れずになったそうじゃ」

「吉田がでございまするか」

藪田定八が驚愕の声をあげた。

「うむ。当番中に腹痛を起こしたとして、早退。翌日になっても登城してこぬと調べたところ、帰宅していなかったとのこと」

勝手に持ち場を離れることは、重罪である。吉田利右衛門が玉込め役であることを知らない松坂城番が早馬で報告してきたのは当然であった。

「あやしい者を見かけたとしても、なにかの繋ぎは残していくのが決まり。松坂に出ておりますもう一人の和多田《わただ》からは、なんの報《しら》せもまいっておりませぬ」

玉込め役は藩から独立した連絡方法をもっていた。

吉宗がきびしい表情になった。

「利右衛門を倒すだけの腕をもった敵が入って来たと考えるべきであろう」

「申しわけございませぬ」

藪田定八が詫びた。玉込め役は探索の他に藩主の身辺警護も担っている。武道の鍛錬は義務であり、技は抜きん出ていなければならなかった。

「上には上がおる。もしくは、誘いだされて大勢にやられたのかも知れぬ」

咎《とが》めだてを吉宗はしなかった。

「機が重なりすぎておらぬか」

吉宗が最初の書付へ目をやった。

「この行商人が幕府の隠密だとお考えで」

徒目付の報告をふたたび藪田定八が手にした。

「調べよ」

なにもかもを決裁しなければ気がすまない吉宗である。ひとつのことにいつまでもかかわっている暇はなかった。信頼する家臣に吉宗は書付を渡した。

「承知つかまつりましてございまする」

藪田定八が平伏した。


くたびれた顔で戻ってきた永渕啓輔を木賃宿の主が出迎えた。

「売れたかい」

「まったく。貧乏神に取り憑《つ》かれたかと思うほど、なに一つ売れやせん。品物を見てさえもらえねえんじゃ、どうしようも……」

永渕啓輔が大きなため息をついた。

「まあ、力を落としなさんな」

主がなぐさめた。

「どうかはわからないが、明日は城の西へいってみな。あのあたりには、寺が多いで、案外売れるやも」

「寺……」

聞いた永渕啓輔の目が光った。

「なるほど。和尚にゃ用のないものばかりだが、大黒《だいこく》さんが欲しがるか」

永渕啓輔は、わざとらしく手を打った。

大黒とは、僧侶の妻をさす隠語である。

「いつの世も坊主は埒外《らちがい》、法外だからな。ところで、夕飯はどうするね。薪を使うかい」

主の問いに、永渕啓輔は首を振った。

「商いできなかったんだ。金を出して飯を喰う気にゃならねえよ。今晩は、これで辛抱するさ」

背負いから永渕啓輔は乾いた麩を取りだした。

「水はただだろ」

「ああ」

やはり持ってきているお椀に麩を割って入れた永渕啓輔は、水を注いで塩を振った。

「そんなんじゃ腹にたまらねえだろ」

あきれた顔で主は、永渕啓輔から離れていった。


翌朝、夜明けとともに宿を出た永渕啓輔は、己を見張る目に気づいた。

「二つは、昨日からついている役人のものだな」

永渕啓輔は紀州藩の藩士が、あとをつけていたことを知っていた。

「もう一つ、いや、二つあるか。背中に気配を感じるが、どこからかわからぬ。これは玉込め役だな」

ゆっくりと歩きながら、永渕啓輔はあえて気を抜いた。

「飛び道具を使われたならしかたないが、手裏剣ならば、大事ない。撃つためにはあるていどまで近づかねばならぬ。十間（約一八メートル）を割れば、どこにいるかもわかる」

命を狙う者はどのような形であれ、殺気を漏らした。鉄砲や弓のようにはるか遠くから攻撃できるものを除けば、かならず気配がした。

「誘ってみるか」

永渕啓輔は、お城手前の辻で荷をほどき、路上に商品を並べた。

「さあ、天下のお膝元江戸ではやってる小物だよ。漆に金箔を押した櫛を見ておくれ。鼈甲細工の簪もあるよ。長寿の象徴亀の甲羅から削りだした簪だ。持っているだけで魔除《まよ》けにもなる。ご当地和歌山は初の見参。ごあいさつ代わりに値段は勉強しておきやす。寄った、寄った」

鈴を鳴らして、永渕啓輔が口上を述べた。

小半刻（三十分）近く待ったが、立ち止まる者とてなかった。

「ちええ、しけてやんの」

舌打ちをしながら、道具を永渕啓輔はしまった。

「宿の親父《おやじ》に教えられたとおり、寺へ行くか」

永渕啓輔は歩きだした。

「阿相氏、まことの行商人のようでござるな」

「いかにも」

徒目付二人が、肩の力を抜いた。

「見張ることもございますまい」

「でござるな。五日をこえて滞在いたすようなら、木賃宿の主からまた報告がございましょう。さすれば、今一度調べればよろしかろう」

徒目付二人が去った。

「どう見た」

藪田定八が同僚の玉込め役に訊いた。

「わざとらしすぎるな」

「うむ。拙者もそう思う。目を離すなよ」

すっと玉込め役の気配が消えた。

和歌山城の西には寺が集められていた。

寺の門は夜明けから日没まで開かれている。永渕啓輔は、目についた寺へと入った。

「ごめんくださいまし。江戸から参りました商人でございまする。櫛、笄《こうがい》、簪など御用はございませぬか」

庫裡《くり》に向かって声をかけた。

「江戸から……それはまためずらしいこと」

なかから中年の女が出てきた。

「ご覧を」

すばやく永渕啓輔は商品を並べた。

「この櫛はいくらだい」

「お目が高い。これは江戸でも名の知れた職人がつくったもので。ちいとお値段は張りますが、ちょっとそこらで手にはいるものとは違いまする。漆に金箔を押してございますので、二分と二朱ちょうだいいたしたく」

「二分二朱、ちょっと高すぎまする」

出しかけていた手を女が引っこめた。

「いかがでございましょう。和歌山へ来て初の商いでございまする。一分と勉強させていただきましょう。その代わり、お知り合いのお方をご紹介願えませぬか」

思いきった値引きを永渕啓輔が提示した。

「半値以下に……」

ふたたび女が櫛を手にした。

「本当に一分でよいのかえ」

「へい」

女が急いで一分金を永渕啓輔に渡し櫛を手にした。

「明日、同じ時刻、ここへお出で。集めておいてあげるゆえ」

櫛に目を釘付けにされながら、女が言った。

「ありがとうございまする」

永渕啓輔はていねいに頭をさげた。


約束どおり、翌日訪れた永渕啓輔を、五人ほどの大黒が待っていた。

「表に出ることができないわたくしたちに、倹約などはかかわりありませぬ」

女たちは争うように、商品を求めた。

「よい品でございましょう。江戸でもこれだけのものはそうそうございませぬ。なんとかもっとお客さまをご紹介願えませぬか」

もみ手をしながら、永渕啓輔は話しかけた。

「じつは、このような品も……」

永渕啓輔はとっておきを出した。紀伊国屋文左衛門から渡された餞別《せんべつ》を使って買った螺《ら》鈿《でん》の笄である。

「これは……」

女たちが息をのんだ。

「い、いくら……」

「こいつばかりは、ちっと高《たこ》うございやして……二十両で」

「二十両……」

いっせいに女が退《ひ》いた。

「いかがでございましょう。これをお買いあげいただけるお方をご紹介願えませぬか。もちろん、皆さまには些少《さしょう》ながらお礼をさせていただきまするが」

うかがうような表情で永渕啓輔が申し出た。

「それほどのものとなると……長保寺《ちょうほうじ》の」

女たちが顔を見あわせた。

「三日待ちやれ」

最初に永渕啓輔から櫛を買った大黒が言った。

そのようすを藪田定八は、離れた木の上から見ていた。

「お殿さまのご命《めい》をなんとこころえおるか」

藪田定八は憤慨していた。なかの話までは聞こえなかったが、女たちが贅沢な品を購《あがな》っているようすは十分知れた。

「寺社奉行に手入れをさせねばなるまい」

その日、藪田定八は永渕啓輔の宿を同僚に見張らせて、吉宗へ報告した。

「そうか、坊主の女房どもが、そのようなことを」

吉宗は静かに言った。

「日陰の者には表への恨みがあるからの」

小さく吉宗は嘆息した。

吉宗も一つ食い違っていたら、一生日陰者で終わるところであった。

貞享《じょうきょう》元年（一六八四）紀州徳川家二代藩主光貞の四男として誕生した吉宗は長く公子と認められなかった。これは生母の身分が低すぎたからであった。

吉宗の母は、由利《ゆり》といい、熊野詣《もうで》へ向かう巡礼であったが、和歌山城下で生き倒れ、養生ののち、紀州徳川家の湯殿係として奉公にあがった。その由利に光貞が湯殿で手をつけた。たった一度のたわむれであったが、由利は妊娠した。気の迷いと吐きすてた光貞は、由利を側室とせず、家臣巨勢六左衛門利清《こせろくざえもんとしきよ》へと預けた。月満ちて無事に出生した子を光貞は認めず、吉宗は巨勢六左衛門のもとで傅育《ふいく》された。

人の口に戸はたてられない。元服を迎えるころ、吉宗の存在は城下中に知られていた。放置するわけにはいかなくなった光貞は、吉宗を息子として認め、和歌山城へと迎えた。

それでも兄よりは、一段下にあつかわれ、祝いごとなどがあっても同席さえ許されなかった。

その吉宗に光があたったのは、元禄《げんろく》十年（一六九七）のことであった。

出府する父とともに江戸へ下った吉宗は、登城することになった。

もっとも、綱吉に目通りする長兄綱教、次兄頼職《よりもと》の供という形で、吉宗は拝謁の間の隣で待たされるという屈辱のありさまだった。

その吉宗を柳沢吉保が救った。

「光貞さまは、子宝に恵まれておられまする。ここにおられるお二方の他に、もう一人男子をお持ちでございまする」

子供のいなかった綱吉は、吉保の言葉に惹《ひ》かれ、もう一人にも会わせろと要求した。こうして吉宗は十四歳で綱吉に目通りし、徳川の一族として認知された。

将軍に目通りした御三家の一門で、本家を継がない者は、数万石ほどの領地を与えられて別家するのが慣習である。

吉宗は越前国丹生《にゅう》郡に三万石を賜り、葛野《かずらの》藩主となった。

それが運の付き始めであった。

葛野藩主となってわずか八年、宝永二年（一七〇五）、紀州三代藩主になっていた長兄綱教が死去した。続いて四代藩主となった次兄頼職も半年ほどで急死、吉宗が呼び戻される形で五代藩主に就任した。

一つでも歯車が嚙《か》みあっていなければ、吉宗は家臣の家へ養子に出されるか、わずかばかりの捨て扶持《ぶち》をもらい、生涯日陰者ですごさなければならなかったのである。

「気持ちはわからぬでもないが、表に出ては令の効果がなくなる」

吉宗が言った。

「では、寺社奉行に命じて……」

「いや、それではあわれである」

藪田定八の案を吉宗は退けた。

「三日後、余が参ろう」

「なんと……」

吉宗の言葉に藪田定八が絶句した。

「遠乗りに出かける体《てい》をとればよい。帰りに、その寺へ寄って茶など馳走になろう」

家臣の家で育った吉宗は、いまどきの大名らしくなく、身体を動かすことを好んだ。

「殿、それはあまりに危険ではございませぬか」

幕府の隠密かも知れない行商人の側《そば》に行くなど、とんでもないことだと藪田定八が止めた。

「玉込め役がついていて、余になにかあるのか」

顔を藪田定八に向けて、吉宗が述べた。

「命に代えて、お守りはいたしますれども、万一が……」

藪田定八は、重ねて制した。

「もしあの行商人が、幕府の隠密で余の命を狙っておるとしよう」

吉宗が藪田定八の声をさえぎった。

「このていどのことで死ぬようならば、将軍になることなどできようはずもない。神君家康公を見よ。なんど死の淵に立たれたことか。それをくぐり抜けてこられたればこそ、信《のぶ》長《なが》、秀吉という英傑をこえて天下人になられたのだ。神君とならぶつもりなど毛頭ない。余は遠くおよばぬからの。しかし、高き夢を手にするには、危ない橋も渡らねばならぬ。余は逃げぬ」

力強く吉宗が宣した。

「はっ」

藪田定八が平伏した。

二

永渕啓輔は約束の日、朝早く寺へ向かった。

「長保寺といえば、紀州家の菩提寺《ぼだいじ》。そこと繋がりができれば、吉宗を待ち伏せることもできよう」

木賃宿の親父に寺へ行けと言われたときから、永渕啓輔は長保寺との縁を狙っていた。闇雲に城下をうろついたところで、吉宗に出会える機会などまずない。菩提寺ともなれば、先祖の墓参りに来た吉宗と出会えるかもしれなかった。

「先日はお見えになれなかった方が、来られますゆえな。お名前は申せませぬが、名刹の奥におられるお方さまじゃ。ご無礼のないようにいたせ」

早めに着いた永渕啓輔へ、大黒が念を押した。

「承知いたしておりやす」

永渕啓輔はうなずいた。

庫裡で待つこと二刻（約四時間）、立派な女駕籠《かご》が寺に到着した。

「奥さま、ようこそおいでくださいました」

大黒が出迎えた。

「なにやら、珍奇な品を見せてもらえるとか。楽しみにして参りましたぞ」

駕籠から身形《みなり》の立派な女が、姿を現した。

「見せてたもれ」

身形の立派な女が、せかした。

「ただちに」

永渕啓輔は、二十両の笄を出して見せた。

「……………」

集まっていた女たちの間から、声にならないため息が漏れた。

「気に入った。二十両でよいのだな。もらおうぞ」

身形の立派な女が言った。

「……実禰《みね》さま」

他の女たちが、伸ばしていた手を引っこめた。

「他にはないのかえ」

実禰と呼ばれた女が、問うた。

「あとあいにく、これですべてで」

永渕啓輔が持ってきた小物は、これで終わりであった。

「それは残念な。また来やれ」

「はい。すぐにでも江戸へ帰りまして……」

低頭して永渕啓輔が応えた。

「代金は、のちほどこちらへ届けさせる」

供らしい女にものを持たせて、実爾が立とうとしたとき、馬蹄《ばてい》の音が響いた。

「馬……」

寺の大黒が、怪訝《けげん》な顔をした。

馬の足音がやんだ。

「頼もう。誰かおらぬか。殿であるぞ」

「ひえええ」

聞いた大黒の顔色が変わった。

「た、ただちに……」

大黒が素足で駆けだしていった。

「まさか、殿が……」

残っていた女たちもそわそわし始めた。

「殿とおおせられますと……」

訊きながら、永渕啓輔は驚愕を押し殺すのに必死であった。

「決まっておろう。殿は、ただお一人、紀州権中納言さましかおわせられぬ」

実爾が震えながら答えた。

「奥さま……」

供の女もおびえていた。

「奥へ、奥へお隠れを」

別の女が実爾をせき立てた。

「あ、ああ」

あわてた実爾が、床ですべって転びそうになった。

「控えよ。殿のお見えである」

藪田定八が庫裡へ入ってきた。

続いて吉宗が入ってきた。

「は、はっ」

女たちが急いでその場で平伏した。

わけがわからない振りをして、永渕啓輔は立ったままでいた。呆然とした顔をしながらも、永渕啓輔は機をうかがっていた。

普段、吉宗の起居しているのは本丸御殿である。さすがに玉込め役が何重にも築いた警固の壁をこえて襲撃することは不可能であった。千載一遇の好機に、永渕啓輔は震えた。

今、目の前に吉宗がいる。

永渕啓輔ははやる心を抑えるのに必死であった。失敗は許されなかった。ここで吉宗を逃がせば、その警固は厳重となり、永渕啓輔の手は届かなくなる。

着物の袖に仕込んだ馬針を手のなかへと落とし、永渕啓輔は吉宗の周囲にいる者との距離をはかった。

「………」

しかし、つけいる隙がなかった。吉宗の斜め前にいる侍は、踵《かかと》をあげて、いつでも盾になれるように準備していた。

「これ、控えぬか。紀州中納言さまじゃぞ」

女の一人が、永渕啓輔の袖を引いた。

「へっ、へへええい」

泡を食った体で、永渕啓輔が平伏した。

隠し持った馬針で、掌《てのひら》を傷つけたが、永渕啓輔は眉一つひそめなかった。

「そこにおるのは、実禰ではないか」

吉宗は永渕啓輔に一瞥《いちべつ》もくれず、平伏している実禰に話しかけた。

「おそれいりたてまつりまする」

実禰がいっそう頭をさげた。

「ここは、実禰の実家であったかの」

「……いえ」

消えいりそうな声で、実禰が否定した。

「ふむ。そうか。近ごろ、倹約の令に反して一部の者が贅沢をほしいままにしておるという。菩提寺といえば、初代頼宣さまが多くの寺のなかからとくに選んだ由緒ある紀州の礎《いしずえ》。皆の手本となってくれよ」

やさしく吉宗が声をかけた。

「……もうしわけございませぬ」

実禰は泣き声をあげた。

「見れば、名の知れた寺の者ばかりではないか」

女たちが大きく震えた。

「なに、たまの息抜きの集まりまで咎めることはせぬ」

吉宗は笑った。

「喉が渇いた。白湯《さゆ》を馳走してくれ」

「た、ただちに」

大黒が走っていった。すぐに白湯が用意された。

「うむ。喉の渇きには井戸の水より白湯じゃ。腹をこわすこともないし、飲みすぎることがない」

ゆっくりと喫した吉宗が茶碗を大黒に返した。

「うまかったぞ」

背中を向けた吉宗へ、永渕啓輔は跳びかかろうと、足首をたわめた。

「素手で刃物を握ると怪我をするぞ」

振り返ることなく吉宗が言った。

「……うっ」

機先を制されて、永渕啓輔は動けなくなった。

「なかなかの度胸をしておるようじゃ。誰の手の者かは訊かぬ。余が江戸城の主となったおりには、召しだしてくれる。待っておれ」

吉宗が永渕啓輔に声をかけた。

「帰るぞ」

「はっ」

永渕啓輔を睨みつけていた藪田定八が、吉宗の背後を守るように従った。

「おのれ……」

吉宗の気迫に呪縛されていた永渕啓輔が、渾身《こんしん》の力で立ちあがった。右手の馬針を投げようと振りかぶった。

「お身を……」

「やめい」

対応しようとした藪田定八を吉宗が制した。

「申したであろう。運試しじゃ。天が儂を必要とするならば、死なぬ」

ゆっくりと吉宗は、永渕啓輔に正対した。

「………」

永渕啓輔は腕が鉛のように重く感じていた。

「撃てぬか」

吉宗が言った。

「ふざけるなあ」

かっと頭に血をのぼらせて、永渕啓輔が手を振った。

「殿……」

藪田定八の目の前で馬針は、吉宗の右手に大きくそれた。

「申したであろう。血で滑ると」

淡々と吉宗が告げた。

「無礼許さぬ」

憤怒《ふんぬ》の顔で藪田定八が、太刀を抜いた。

「定八、ほうっておけ」

みたび吉宗が止めた。

「きさまなど、我が覇業から見れば、路傍の石でしかない。儂は幕府を建てなおし、天下を救わねばならぬのだ」

吉宗は、馬にまたがった。

「鳳凰《ほうおう》に燕雀《えんじゃく》が勝てようはずもなかろう。身のほどを知れ」

言い残して、吉宗が去った。格の違いに永渕啓輔は言い返せなかった。

「……美濃守さま」

永渕啓輔は手をついて、号泣した。

大奥から中奥《なかおく》へと連れ去られた形となった七代将軍家継は、母月光院に会えぬ辛さで体調を崩していた。

「のう、越前。余は母のもとへ帰ってはいかぬのか」

夜具に横たわりながら、家継が尋ねた。

「お身体の調子を整われてからでなければ、かえって月光院さまにご心配をおかけいたすこととなりまする」

間部越前守は、家継の体調悪化をこれ幸いと考えていた。

絵島の一件の余波で月光院との不義が知られ、大奥への出入りを禁じられてしまった間部越前守にとって、権力の源である家継を手元から離すわけにはいかなかった。

なんらかの手をうってからでなければ、家継を大奥へ戻すことは、間部越前守の失墜と同義であった。

「母上に心配をかけては……」

「はい。よろしくはございませぬ。月光院さまは上様のことをことのはかお案じでございまする。上様がご病気とお知りになられれば、お気を失われてしまわれるやも」

間部越前守は、家継の不安をよりあおった。

すでに大奥には、家継体調不良により、しばらく中奥にて起居するとの通達は出してあった。

「それはいやじゃ」

泣きそうな顔で家継が首を振った。

「ならば少しでも早くお治しになられませ。ちょうど薬のころあいでございまする」

「余は、薬は嫌いじゃ」

苦い煎じ薬を家継は嫌がった。

「いけませぬ。お飲みになられねば、いつまでも大奥へは戻られませぬ。お小納戸《こなんど》、用意をいたせ」

きびしく間部越前守が、家継を諭した。

「これに……」

お小納戸が、膳のうえに小さな盃《さかずき》と瓶子《へいし》を捧げてきた。

「お毒味はすでに」

「うむ」

受けとった間部越前守は、盃に瓶子から薬を注《つ》いだ。立ちのぼる薬草の匂いに、家継が顔を背けた。

「ご無礼を……」

間部越前守が、盃の薬を一気にあおった。最後の毒味であった。間部越前守にとって家継はなにものにも代え難かった。家継に万一があれば、今の立場はもちろんのこと、栄達を重ねて手にした禄も領地も失いかねない。

「しばしお待ちくださされませ」

薬を飲んだ間部越前守は、しばし目を閉じ、体調の変化を探った。

「大丈夫でございまする。上様、ご覧のように越前もお薬をちょうだいつかまつりました。次は上様のご番でございまする」

盃にふたたび薬を満たして、間部越前守は家継の口元へ運んだ。

「少しお休みなされませ」

苦そうに茶を飲んだ家継に午睡を勧めて間部越前守は、将軍お休息の間を出た。

「奥医師」

間部越前守の呼び声に、急いで奥医師が姿を見せた。

「半井道源《なからいどうげん》か」

「はっ。なにか」

奥医師は、若年寄支配二百俵高、番料二百俵を与えられた。将軍家お休息の間近くの医師の間に詰め、将軍ならびにその家族の脈を取った。

「上様のご容態について尋ねる」

周囲に聞こえるように言った間部越前守は、半井道源を畳廊下の片隅へ誘《いざな》った。

「薬は大丈夫なのであろうな」

あたりをはばかる小声で間部越前守が質問した。

「ご懸念にはおよびませぬ。お薬の中身は漢方でございまする。お身体に悪いものなどいっさい入っておりませぬ。ただ、少し処方を多めにいたしましたゆえ、薬の効き目が強く、お怠《だる》い感じになられておられるだけで」

半井道源が、保証した。

「ならばよい。あと何日くらいは、上様を中奥にお留《とど》めできよう」

「十日ほどでございましょうか。それ以上となりますれば、さすがに他の奥医師どもが疑いだしましょう」

「十日か」

間部越前守が、嘆息した。

奥医師は一人で将軍の診療にあたっているわけではなかった。代によって人数は変わるが、奥医師はおおむね十人ほどが輪番で将軍の体調を診た。将軍や御台所《みだいどころ》などが病に伏した場合、奥医師のなかから主治医が選ばれ、完治まで下城することなく四六時中看病したが、治療の効果次第では、交代もありえた。

「できるだけ引き延ばせ」

「承りはいたしまするが……」

口調を半井道源は濁らせた。

「わかっておる。典薬頭《てんやくのかみ》への推挙、まちがいない」

苦い顔で間部越前守が述べた。

幕府に勤める総勢百八十人ほどの医師、その頂点が典薬頭であった。

典薬頭は、代々半井家と今大路《いまおおじ》家の世襲であった。身分は旗本であり、従五位下《じゅごいのげ》法印《ほういん》典薬頭に任じられ、一千石近い禄を与えられていた。

幕府の医療いっさいをつかさどるが、将軍を診ることはなく、医者というより役人であった。

半井道源は、分家筋であり、奥医師となれても典薬頭に就任することはできなかった。

半井道源が、典薬頭に固執するのは、本家より受ける差別に対する反発と、薬料目当てであった。奥医師は将軍の治療を担っているとき以外は、一般の患者を診ることを許されていた。幕府から貰える禄は、あわせて四百俵、金にしておよそ四百両にしかならないが、外で得る薬料がとてつもなかった。

一度の診療で百両をこえることもあった。これは、将軍の脈を取っているという名声によっていた。したがって、奥医師以下の表医師や、寄合医師などの薬料は、かなり安くなり、小石川《こいしかわ》養生所医師あたりまでくると、一回一分から一両ていどであった。

当然、薬料の最高額を手にするのは典薬頭になる。四代将軍家綱のとき、病に伏した堀《ほっ》田正盛《たまさもり》の治療代として千両が下賜《かし》された故事にならい、最高限度は決められていたが、莫大な副収入が約束されていた。

「よしなに願いまする」

暗い笑顔を浮かべながら、半井道源が平伏した。

間部越前守の策略は、回り回って聡四郎にまで影響した。

「上様ご不例の報を聞かれた月光院さまご心痛。よって大奥への来訪は日延べされたし」

お使い番をつうじて、大奥の事情が内座に届けられた。

「いたしかたありませぬな」

すでに明日に迫っていた大奥月光院付き女中への査問は中止にせざるをえなかった。

「将軍生母さまのご気分がすぐれぬとなれば、押してとは申せませぬ」

絶好の機会であったが、聡四郎と太田彦左衛門は受けいれた。

「まあ、延びたところで十日もかかりますまい。その間下調べの猶予ができたと考えましょう」

聡四郎は前向きに考えた。

「さようでございまするな。ここ数日の狂騒で、何一つ手つかずでございましたゆえ」

太田彦左衛門も同意した。


御広敷伊賀者は、表向き大奥の雑用を任としていた。そのじつ、将軍家最後の盾として、日々の鍛錬を怠っていなかった。

幕府伊賀組鍛錬の場は、高尾山にあった。

「よし。お主たちは山をおりてよい」

伊賀組同心の子弟三名が、指南役から許しを得た。

「残るは最後の仕上げだけじゃ。御広敷伊賀者組頭柘植卯之《つげうの》さまから聞け」

指南役は隠居した伊賀組同心の仕事である。服部一右《いちう》は、昨年現役を退いたばかりの経験豊かな指南役であった。

「はっ」

三人が首肯した。

高尾山から江戸まで戻った三人は、四谷伊賀組組屋敷のなかで柘植卯之へ面会を申しこんだ。

「今年は三名か」

柘植卯之が満足そうにうなずいた。伊賀組同心の子供は、男女を問わず、六歳から修行を始め、十四歳を迎えたところで高尾山に籠《こ》もる。そこで老いた父に代わり伊賀組の務めを果たせるように体術を教えこまれるのだ。

「組頭さま、最後の仕上げとはなんでございましょう」

一人の若者が問うた。

「なんだ、聞かされておらぬのか」

あきれたような顔を柘植卯之がした。

「服部め」

逃げださないようにとの意味もあるのだろうが、それ以上に衝撃を大きくしてやろうと考えている服部の意図が、柘植卯之にはわずらわしかった。

「最後の仕上げを伝える。人を殺せ」

「……………」

柘植卯之の言葉に三人の若者が固まった。

「伊賀組同心は、上様に害する者がたとえ女子供であっても倒さねばならぬ。いざというとき、身体がすくんではものの役にたたぬ。そうならぬために、あらかじめ人を殺し、その感触を身体に覚えこませ、恐怖を克服いたさねばならぬ」

感情をなくした声で、柘植卯之が語った。

「……誰でもよろしいのか」

一人が尋ねた。

「いや。そなたたちが殺す相手は決めてある。勘定吟味役水城聡四郎が家人、大宮玄馬をやれ」

柘植卯之が命じた。

三人の若い伊賀者は、試練が終わるまで実家に帰ることは許されず、組屋敷のなかに与えられた一室で生活しなければならなかった。

「鴨の足、赤子の手、よ」

「なんじゃ、重ね節」

互いの名前は符帳で呼ぶのが修行場の決まりである。鴨の足は銀杏《いちょう》、重ね節は竹、そして赤子の手は紅葉《もみじ》のことをさしていた。すべて形が似ているところから取られたものであった。二重に本名を隠しているのは、万一敵に捕まったとしても、仲間の素性がわからないようにとの配慮であった。

「人を殺すのか」

重ね節が震えていた。

「せねばなるまい。組の掟《おきて》じゃ」

「うむ。伊賀組の掟はなによりきびしい。破った者に与えられるのは、死。それも仲間によって殺されるという過酷なもの」

鴨の足、赤子の手が首を振った。

「やらねばやられるか」

「うむ。我らにおまえを殺させてくれるなよ」

二の足を踏んでいる重ね節に、鴨の足が言った。

「わかっておるわ」

苦い顔で重ね節が答えた。

「どうするかだな」

鴨の足が主導を取った。

「まずは、敵のことを知らねばなるまい。組頭さまは、なにも教えてはくださらなかったでな」

「そうだの」

重ね節が同意した。

「勘定吟味役の家臣となれば、主の登城、下城に供をいたそう」

「うむ。獲物を確認いたそうぞ。今は暮れ七つ（午後四時ごろ）。勘定吟味役が仕事を終えるまで、まだ間がある。大手門前に行ってみようではないか」

「承知」

三人は伊賀でいう放下《ほうげ》の術で変装して組屋敷を出た。

鴨の足と重ね節は、野暮ったい勤番侍を、赤子の手は町娘の身形になった。

藩主の参勤交代の供で江戸へ出てきた国侍のことを、勤番と呼んだ。勤番は一年限りの江戸ずまいであるが、国元に家族を残しての二重生活を強いられるため、金がなかった。満足に江戸で遊ぶこともできない勤番侍たちの楽しみは、江戸城諸門の前にたむろし、大名や役人たちの登下城風景を見ることであった。

すでに大手門前広場には、数人ずつ固まった勤番侍が、あちこちに立っていた。

「武鑑《ぶかん》はあるか」

鴨の足が訊いた。

「ここにあるぞ」

重ね節が懐から小さな本を出した。ちょっとした箱並の大きさがある武鑑ではなく、携帯用の袖武鑑であった。

「勘定吟味役水城聡四郎の項を見ろ」

「ああ」

すぐに重ね節が武鑑を開いた。

武鑑には、本人の名前から屋敷の場所、妻の名前、子の名前など大名、役人の詳細が載っていた。

「水城の紋はなんだ」

「これによると四つ目だな」

「屋敷は」

「本郷御弓町とある」

鴨の足の問いに重ね節はすばやく答えた。

「ならば……四つ目の紋をつけた旗本で、大手門を出て左に進む者を探せばいいな。おい、赤子の手」

二人の後ろで人待ちの娘を演じている赤子の手に、鴨の足がささやきかけた。

「なんだ」

赤子の手も鴨の足を見るようなまねはしなかった。

「林大学頭《はやしだいがくのかみ》の屋敷前あたりで待っていろ。そのほうが確認しやすいはずだ」

「わかった」

赤子の手が歩きはじめた。

「いいか、今日はまだやらぬ。決して殺気を漏らすなよ」

「言うまでもない」

若い娘とは思えぬ口調で、赤子の手が返した。

下城する役人でごった返した大手門前も、七つ半（午後五時ごろ）を過ぎると一気に人が少なくなった。待っていた供たちがいなくなったうえ、江戸城から遠い下《しも》屋敷などに滞在している勤番侍も門限の暮れ六つまでに間に合うよう去っていくからであった。

「目立っていないか」

「だな」

伊賀者二人は、少し離れた屋敷の陰へと場所を移した。

待つこと半刻、六つ過ぎにようやく水城聡四郎が大手門を出てきた。

「では、水城さま。わたくしはここで」

下役の太田彦左衛門が別れていった。

「おい」

「ああ」

かなり離れていたが、伊賀者二人はしっかりこの声を聞いていた。

「あやつが水城聡四郎か」

「うむ。我が伊賀組を敵に回しているおろかな者よ」

鴨の足は、聡四郎と伊賀との確執を知っていた。

「しかし、この度は水城をやれとは命じられておらぬ」

重ね節が、暴走しそうな鴨の足を抑えた。

「わかっておる。組頭の言葉は絶対だ。さからうことは許されぬ」

念を押さずともよいと鴨の足が言った。

「もっとも、水城がかかってきたときは、いたしかたなかろう」

にやりと鴨の足が笑った。

いかに剣士として修行を積んだ聡四郎であっても殺気を消した忍の存在を知ることはできなかった。

「ごめんを」

昌平坂《しょうへいざか》ですれ違った町娘が、さりげなく大宮玄馬の顔を見ていたことに、二人とも気づかなかった。

鴨の足たちと合流した赤子の手が、去っていく聡四郎と大宮玄馬を見送った。

「見たか」

「しっかりと」

赤子の手が首肯した。

「いつやる」

「明日、夕方主を迎えに行く途上を狙う」

「人目があるぞ」

重ね節が懸念を表した。

「ふん。誘いだすだけのこと。赤子の手、任せたぞ」

鴨の足が赤子の手を見た。

「承知」

赤子の手が首肯した。


「今宵はいかがでございましょう」

翌日大手門前で大宮玄馬が帰りを問うた。

「まだ嫌がらせは続いておるでな。おそらく六つごろになろう。もし、早くに終わるようであれば、相模屋へ行っておる」

「承知いたしましてございまする」

聡四郎の返事に、大宮玄馬は低頭した。

旗本の家士は、主の送り迎え以外に雑用も仕事であった。

聡四郎を江戸城まで送って戻った大宮玄馬は、衣服を着替え、邸内の片隅に作られた畑へと出た。内情が苦しい旗本はどこの家でも菜園を作っていた。

さすがに米までは作らないが、水城家でも季節の野菜を栽培していた。

午前中に畑仕事をすませ、水城家の台所で冷や飯の昼食を摂ったあとは、屋敷の小さな破損などを修復したり、近隣への使いにたったりする。そうこうしているうちに主を迎えにいく刻限となった。大宮玄馬は井戸で水を浴び、衣服を整えて本郷御弓町の屋敷を出た。

夕刻の江戸は人通りが多い。

役目を終えて下城する役人、門限までに屋敷へ戻ろうとする勤番侍、商用をすませて店へ帰ろうとする商人、お稽古ごとから家へ急ぐ町娘と、辻は肩を触れるほど混雑していた。

火事と喧嘩は江戸の花というが、じっさいそれほど喧嘩は多くなかった。肩を触れただけでなぐりあいになるわけでないうえ、江戸の住人は他人へ迷惑をかけないよう気を遣っている。混《こ》んでいるところで他人とすれ違うときは、当たらないよう半身になるのがあたりまえであった。

大宮玄馬も前から来る人に触れぬよう、足を送りながら道を進んだ。

「あっ」

避けようとした大宮玄馬へ目がけて町娘がぶつかった。

「これ」

若い娘に抱きつかれた大宮玄馬は当惑した。

「すみませぬ。お助けを願いまする」

顔を見られるのが怖いのか、うつむいたまま娘が小声で言った。

「助けよとはどういうことだ」

不意のことに、大宮玄馬が問うた。

「稽古場を出てからずっとみょうな浪人者にあとをつけられておりまする」

娘がちらと背後へ目をやった。

つられて大宮玄馬は顔を向けた。

「あれか」

たしかに一人の浪人者らしいのが、じっと大宮玄馬を睨んでいた。

「ご迷惑とは存じまするが、家までお送りくださいませ」

泣きそうな顔で娘が頼った。

「家はどこじゃ」

大宮玄馬が質問した。

「馬込村の手前でございまする」

娘が答えた。

馬込《まごめ》村は、本郷御弓町よりまだ東であった。江戸城へ向かう大宮玄馬からすれば、まったく逆どころか、屋敷よりさらに遠くまで迂回《うかい》しなければならない。行って帰ればまちがいなく、聡四郎の出迎えには遅れた。

「すまぬが、辻番屋まで連れていってやるゆえ、そこから家へ使いを出してもらってくれ」

大宮玄馬は首を振った。

辻番屋とは、大名が江戸の町の治安を維持するために屋敷の角へ設けたものである。常に数名の藩士が待機していた。

「そんな……」

断られた娘が、すがりつくような目で大宮玄馬を見た。

「すまぬが、主持ちの身ゆえ」

重ねて大宮玄馬が首を振った。

「さあ、そこの辻番屋まで……」

うながそうとした大宮玄馬に、娘がより身を寄せた。

「怖くて……」

往来の片隅とはいえ、若い男女が抱き合っているのだ。人目をひくことおびただしかった。

「いいご身分でござるのう」

真っ赤になった大宮玄馬に、浪人者が声をかけた。

「どこのご家中かは知らぬが、なかなかに艶《つや》っぽい家風でござるな」

浪人者が嫌みを言った。

「なにを。これは、人助けであって……」

「人助け。ほう。それのどこが人助けなのか、是非うかがいたいものよ」

抗弁する大宮玄馬を、浪人者はからかうような口調で述べた。

「往来の真ん中で娘に抱きついて、尻を撫《な》でる。なかなかよい人助けよなあ。見たところ、どこぞの藩士か、旗本の家士のようじゃが」

浪人者が大宮玄馬を上から下へとながめた。

「家臣がこうなれば、主の素性も知れようというものよ。主の役名は岡場所守か、それとも吉原奉行か」

あきらかな悪意を浪人者がぶつけてきた。

「この娘御の後をつけていたのは、おぬしであろう」

穏便にことをすませようとした大宮玄馬だったが、つい言い返してしまった。

「おもしろいことを抜かす。己の行状を顧みることもせず、拙者に責任をもってくるとは、それ相応の覚悟があるのだろうなあ」

浪人者が刀を抜いた。

「ぬ、抜いたぞ」

「まきこまれては、たいへんじゃあ」

興味深げに見ていた通行人たちが、悲鳴をあげて逃げ散った。

「……ひいい」

白刃を見た娘が、腰を抜かした。

「まずいな」

大宮玄馬は困惑した。

気を失ったにひとしい娘を抱えて、辻番まで退避することは不可能であった。

「いたしかたなし」

大宮玄馬も戦う決意を固めた。

「ほう。抜く気か。主持ちが私闘をいたすとはの」

どこの家中でも私《わたくし》の戦いは厳禁であった。勝った者にもなんらかの処分があり、負けた場合は家名断絶が決まりであった。

「降りかかる火の粉ははらわねばなるまい」

脇差の柄に大宮玄馬は手をかけた。

「なれど、このような往来で戦うは庶民の難儀。場所を移すぞ」

大宮玄馬は、遠巻きに見ている観衆の一人へ声をかけた。

「この娘御を辻番屋まで頼む。拙者は勘定吟味役水城聡四郎が家臣、大宮玄馬」

「へ、へい」

言われた町人が首を縦に振った。

すでに大宮玄馬は、町人を見ていなかった。浪人者に集中していた。

「ふん。念の入ったことだ」

浪人者が鼻で笑った。

「飼い犬は、飼い主に尾を振っていればよいものを。要らぬ手出しをしたために、すべてを失うはめになる。さっさと始めようぞ。儂は、あの娘に用がある」

あっさりと浪人者は背を向けた。

日暮れかけた路地へと浪人者が入っていった。

「この奥の空き屋敷でよいな」

「……………」

大宮玄馬は無言であった。

「先に入るぞ」

浪人者は開けっ放しの潜りへと消えた。

あとに続かず、大宮玄馬はきびすを返した。潜り門ほど怖いところはなかった。なかが見えないだけでなく、入るときの体勢は無防備きわまりなかった。扉の左右、陰になるところで待ちかまえられれば、どうやっても勝ち目はなかった。

「待て、いまさら臆したとは言わさぬぞ」

すぐに浪人者が顔を出した。

「みすみす罠にはまるほど、お人好しではないわ」

大宮玄馬は辻を挟んだ反対側の屋敷に身を寄せた。日はほとんど灯《あか》りを失っていた。

「罠……」

「おぬし一人ではなかろう」

すばやく大宮玄馬は脇差を鞘走らせた。

「……どういうことだ」

浪人者の声が低くなった。

「拙者に用なのか、それとも殿にか」

大宮玄馬は足下を固めた。

「いつわかった」

転がるようにして浪人者が空き屋敷から出てきた。

「最初からと言いたいところだが……おぬしが聞き分けよく、場所を移すことに同意したところからだ」

脇差を大宮玄馬は下段に落とした。

「ほお」

ゆっくりと浪人者が近づいてきた。

「女も仲間であろう」

「ばれていたのか」

辻の陰から娘が姿を現した。

「あとから考えてみればだがな。他の侍がたくさんいたにもかかわらず、拙者を選んだ。供を数名連れた身なりの立派な方がおられたにもかかわらずだ」

壁を背中に、大宮玄馬は陣を作った。

娘と浪人者が顔を見あわせた。

「拙者に近づきながら、まったく殺気を漏らさなかったのは見事であるが、あまりに話ができすぎであろう」

「…………」

二人は無言で間合いを詰めてきた。

「なにが目的だ」

大宮玄馬の問いかけが合図となった。十間（約一八メートル）まで近づいていた娘が走った。

「しゃっ」

娘が隠し持っていた棒手裏剣を立て続けに撃った。

脇差で払わず、大宮玄馬は細かく動き、すべてをかわした。

「おう」

六間（約一〇・八メートル）の間合いを浪人者が駆けた。太刀を大きく振りかぶって、大宮玄馬目がけて一閃《いっせん》を放った。

「……ぬん」

大宮玄馬は、浪人者の足甲目がけて跳びこむような勢いで身体を低くし、脇差をすくいあげた。浪人者の一撃は、大宮玄馬の背中に届くことなく流れ、大宮玄馬の一刀は、浪人者の臑をしたたかに斬った。

「……くう」

弁慶《べんけい》の泣きどころと別称される人体の急所を撃たれながら、小さなうめき声一つで終わらせた浪人者に、大宮玄馬は感心した。

「あきらめろ」

立つ位置を変えた大宮玄馬がさとした。臑を割られては戦うどころか、立つことさえできない。

「しゃああ」

娘がふたたび手裏剣を投げてきた。

金属の棒を投げるだけに、その威力はすさまじかった。受ければ刀が折れ、当たれば骨が砕けた。毒でも塗ってあれば、かすっただけで致命傷となる。

大宮玄馬は姿勢を低くしたままで、足を小刻みに使い、かわし続けた。

「………」

手裏剣がやんだ。

棒手裏剣は重いため、数の持ち運びが難しいという欠点があった。

「……しゃあ」

娘が跳んだ。二歩で浪人者のところへ動き、脇差をとった。

「あくまでもやるか」

体勢を整えて、大宮玄馬は脇差を青眼《せいがん》に構えた。

命の遣《や》り取りに男女の差はなかった。

大宮玄馬は躊躇《ちゅうちょ》しなかった。相手の体勢が整う前に走った。

「ぬん」

間合いが一間半（約二・七メートル）になったところで、切っ先をほんの少しあげた。

小太刀の極意は疾《はや》さにあった。一放流のように一刀両断ではなく、小さな動きで急所を狙うのが常套であった。

「………」

入江無手斎をして、天性の才と称された大宮玄馬の一閃を女は軽々と避《よ》けた。

「……しゃ」

鋭く息を吐くような気合いを口に、女が反撃に出た。

垂らしていた脇差ですくうような一撃を撃ってきた。

「えいっ」

大宮玄馬はかわさずに受けた。

火花が散って、一瞬女の形相が闇に浮かんだ。

「美しく生まれてきたものを」

息をのむほど女の顔は美しかった。

「………」

応えず、女が後ろに跳んだ。

糸で繋がっているかのように大宮玄馬は追った。

「ちっ」

女が舌打ちをした。それほど大宮玄馬の動きはよどみがなかった。

「人の命を奪うことは、同時に己の命を捨てることでもある」

言いながら大宮玄馬は、下段になった脇差を跳ねた。

ふたたび後ろへ下がった女だったが、大宮玄馬の一刀が早かった。脇差は女の帯を切り裂いた。

「……」

夜目にも白い豊かな胸乳と腹があらわになったが、女は一顧だにせず、脇差を水平に振るった。

「……なんの」

大宮玄馬も女の裸に惑うことはなかった。

剣士というのは戦いとなれば、すべての煩悩を捨てられた。ただ、切っ先にだけ己を集中させなければ、生還できなかった。

大宮玄馬は腰を落とすようにして、脇差に空《くう》をきらせた。

「……しゃ」

ふたたび息を吐いて、女が脇差を落とした。

「甘い」

すでに女の動きを大宮玄馬は見切っていた。沈んでいた身体をまっすぐ女目がけて伸びあがらせた。

女が脇差を振りおろすより早く、大宮玄馬の肩が腹に食いこんだ。

「……くっ」

苦鳴をかみ殺した女だったが、まともに大宮玄馬の体当たりを喰らって吹き飛んだ。すばやく立ちあがろうとした女は、目の前に大宮玄馬の脇差を見て、絶句した。それでも後ろへ身を跳ねさせただけ、修練はできていた。

しかし、大宮玄馬の一閃《いっせん》は、女の両目を薙《な》いだ。ゆっくりと女が後ろへと倒れた。

「……………」

声を出さず苦悶する女に、大宮玄馬は恐怖した。

刹那、大宮玄馬の動きが止まった。

飛来した棒手裏剣が、大宮玄馬の右二の腕を貫いた。

「ぐうう」

棒で殴られたような衝撃に大宮玄馬は、倒れた。それが幸いした。続けて来た棒手裏剣は、大宮玄馬が立っていたところを鋭く過ぎていった。

「まだいたか」

大宮玄馬は、動転を一瞬で抑えこんだ。身体を回して地に這《は》うと、敵の位置をすかしてみた。

星明かりでも、下から空へ見あげるようにすれば、ものの影ははっきりと映った。

「あそこか」

空き屋敷の塀上に、大宮玄馬は黒くうずくまる者を見つけた。

ゆっくりと確認している余裕はなかった。うつぶせとなった大宮玄馬に向かって影が手を振りあげた。間を空けず手裏剣が撃たれた。

大宮玄馬は傷ついた腕が痛むことも無視して、地を転がって避けた。

手裏剣の間合いは十間をこえる。熟練すれば、十五間（約二七メートル）離れても急所にあてることはできた。

「くそっ」

大宮玄馬は立ちあがることさえできなかった。どんな名人上手といえども、立ちあがるときには大きく体勢を崩し、防御も回避もできなくなる瞬間があった。

そこを狙われれば、命はなかった。

大宮玄馬は、脇差を捨てた。白刃を持ったまま転がることは、自らを傷つける。

手裏剣の角度が変わった。塀の上にいた忍が、跳びあがっていた。

武器を捨てた大宮玄馬に近づいて止めを刺すつもりになったのだ。

「……………」

大宮玄馬は、動きながらも忍の右手から目を離さなかった。

五間まで迫ったところで忍は刀を抜いた。

「漆か」

忍の刀が光を反射しないことに、大宮玄馬は気づいた。闇で漆を塗った刀と戦うのは、その刃筋を確認できないだけに難しかった。

「しゃ」

忍が走った。

大宮玄馬は仰向《あおむ》けになった。痛む右手を駆使して太刀を抜いた。

「……ぬ」

三間のところで、忍が動きを止めた。寝ている者を斬るのは難しかった。立っている者の刃は、近づかないと届かないのに対し、倒れている者の太刀は、手の長さに刃渡りを足した長さまで傷つけることができた。

もちろん、致命傷となる首や心の臓までは達せられないが、臑や膝までなら十分範疇であった。

「……………」

忍は、じりじりと大宮玄馬の足下へ移動した。足下ならば、太刀の刃渡りも己の身体がじゃまをして脅威とならなかった。

あわせて大宮玄馬は身体をずらしたが、忍のほうが動きやすかった。

「しゃあ」

大宮玄馬の右足へ近づいた忍が、刀を振るった。

「……くうう」

足をひねってこれを大宮玄馬はかわしたが、忍に背を向けることになった。

「しまった」

大宮玄馬は臍《ほぞ》を噛んだ。

「死ね」

初めて忍が言葉を発した。

振り返ろうとする大宮玄馬目がけて、忍が跳んだ。忍刀《しのびがたな》を両手で前に突きだした体勢で、頭から大宮玄馬へと落ちてきた。

身体をひねる勢いを利用して、大宮玄馬は太刀を投げた。

「……ちい」

空中で体勢を変えることはいかに忍でもできなかった。忍は大宮玄馬の太刀を忍刀で弾いた。刃筋が大きくくずれ、忍刀は、大宮玄馬の左脇腹をかすって地に突きささった。

「ぬう」

真剣勝負の場数がここに出た。

刀を抜こうとした忍に対し、太刀の鞘に残っていた小柄《こづか》に大宮玄馬は手を伸ばした。髪を切ったり髭《ひげ》を剃《そ》ったりするためにある小柄ではあるが、至近ならば十分な殺傷力を持っていた。

「うぬ」

左手で大宮玄馬は小柄をまっすぐ突きだした。

大宮玄馬をまたぐようにしていた忍の胸へ、小柄が吸いこまれるように入った。

「げはっ」

肺に穴を開けられた忍が、息を吐いた。

「……………」

黒装束の隙間から、忍が大宮玄馬を見おろしていた。憎悪さえ浮かんでいなかった。なんの感情もない瞳に、大宮玄馬は震えそうになった。

ゆっくりと忍が、刀を地からはずし、振りかぶった。大宮玄馬は、足で忍を蹴りとばした。

大宮玄馬の上を過ぎて、忍が地に落ち、動かなくなった。

「はあはあ」

大きく息をついて、大宮玄馬は立ちあがった。

「まだ死ぬわけにはいかぬのだ」

大宮玄馬は太刀を拾いあげた。

いつのまにか、女と浪人者に扮した忍の姿が消えていた。

第三章　血の決意

一

大宮玄馬にまで敵の手が伸びたことに、聡四郎は怒りを禁じ得なかった。

「容赦はせぬ」

「殿、わたくしのことはお気になさらず」

手裏剣によって傷ついた右手を大宮玄馬は吊っていた。

「奇《く》しくも儂と同じ右か。若いゆえ、すぐにもとどおりとなろうが、しばらくは左手だけで戦わねばなるまい」

入江無手斎が、大宮玄馬に告げた。

「師。じつは大宮玄馬を知行所《ちぎょうしょ》へやろうと」

「殿」

「たわけ者」

言いかけた聡四郎を、大宮玄馬と入江無手斎がさえぎった。

「一人でなにができる」

きびしい声で入江無手斎が聡四郎を叱った。

「なにより、玄馬が納得するはずなかろう」

「しかし……」

「なにを気取っておる」

抗弁しかけた聡四郎を、入江無手斎が抑えた。

「相手が一人ならば、儂も、玄馬も止めぬ。剣士と剣士、黒白を求めての戦いに手出しをするようなまねは誰もせぬ。いや、また、させぬ。しかし、これは違うのであろ。敵は忍。忍は決して一人では動かぬという。このたびの玄馬のことでも三人がかりであったというではないか」

「はい」

大宮玄馬が認めた。

「考えてもみよ。敵が聡四郎、おぬしではなく大宮玄馬を狙ったのはなぜじゃ。玄馬がいればじゃまだからではないのか。つまり、玄馬がいるかぎり、おぬしをしとめることが難しいと連中は考えた。違うのか」

「……それは」

入江無手斎の言うとおりであった。

「なによりも聡四郎。玄馬を死なせる気か」

「わたくしは、玄馬を死なせたくないがために……」

意外なことを言われて、聡四郎は驚いた。

「主君が狙われている江戸から逃げ、結果死なれでもしてみよ。生き残った者はどう思う。生涯後悔にさいなまれる日々を送ることになろう。侍ならば、そのようなときどうするか自明であろう」

「玄馬……」

あらためて大宮玄馬を見た聡四郎は、息をのんだ。声を出さずして大宮玄馬は泣いていた。

「わかったなら、帰れ。玄馬は数日預かる。儂と修行だ」

謝ることもできないまま、聡四郎は道場を追いだされた。

新井筑後守君美《ちくごのかみきんみ》号して白石は、深更にいたるまで江戸城の下部屋《しも》で過ごす毎日であった。

「今日も報告に来なかったな」

暗い顔で新井白石は独りごちた。

「水城はなにをしておるのだ。毎日儂のもとへ経過を告げに来ぬとはなにごと。己の頭で思料などしたところで、たかがしれておるではないか。儂のような才なくして、大奥を押さえることなどできまいに」

新井白石は、思いどおりにならない聡四郎に憤慨していた。

「よろしゅうございましょうか」

下部屋の外から声がかかった。

「誰じゃ。おう、これはお坊主どの」

襖を開けて顔を出したのは新井白石が金で飼っている御殿坊主であった。御用部屋はおろか、奥右筆《ゆうひつ》部屋にも出入りできる御殿坊主ほど、城中のできごとに詳しい者はいなかった。

「たったいま、奥右筆部屋に書付があがりました」

「なんでござろう」

「相模屋伝兵衛の娘紅を紀州さまが養女になされ、勘定吟味役水城聡四郎どのに嫁がせるとの願いでございまする」

「なんだと」

新井白石は、絶句していた。

「お報せだけいたしましたぞ」

血相を変えた新井白石に、御殿坊主は退散を決めこんだ。

「おのれ、おのれええ」

顔を真っ赤にして新井白石が怒った。

「紀州め、水城からなにやら聞きおったな。その褒美がこれか」

聡四郎は幕府の存亡にかかわる秘事をいくつも知っていた。表沙汰《おもてざた》になれば、新井白石が復権するためにすがっている唯一の糸、間部越前守が失脚するのは確実であった。

「儂が執政となったおりには、紀州を潰してくれる。家宣さまの願われた儒教の世を、家継さまのもとで実現せねばならぬというに、よけいな手出しをしおって」

いまだに新井白石は、六代将軍家宣の信託で幕政に加わっていた口々が忘れられなかった。

「嫁となるべき女を紀州へあげ、余ではなく吉宗に後ろ盾を頼むとは、引き立ててやった恩を忘れた禽獣《きんじゅう》のごとき所行。おのれ水城め、このままではすまさぬ」

新井白石の怒りは、聡四郎にも向けられた。

「おまえなど、生涯儂の言うことを聞いていればよいものを」

狷介《けんかい》だった新井白石の性格は、家宣の死によって幕政からはじき出されてより偏狭なものへと悪化していた。

「紀州も水城も懲らしめてやらねばならぬ。愚か者め。吉宗と手を組むなど論外ぞ。家継さまの次を狙うような不忠者ではないか。八代を望むとは、家継さまにお世継ぎができぬと言っているにひとしいということになぜ気がつかぬ。御三家といえども、いまは臣下ではないか。家臣が主君の不幸を語るなど許されぬ行為である」

新井白石がきびしい口調で吉宗を糾弾した。

「なにより、吉宗は忠に次ぐ孝をないがしろにした。人としてしてはならぬことを、あやつはやってしまった。父を、兄を殺して紀州藩主の座を得た悪辣《あくらつ》な輩《やから》に、将軍がつとまるはずなどない。天下を統《す》べる主には、儒教の心が求められる。仁なくして政ができようか。吉宗が将軍になるようなことがあれば、五代綱吉以上の悪政を布《し》くにちがいない。さすれば、家宣さまが命を賭けて糺《ただ》された幕政がまたゆがんでしまう。それだけはなんとしても阻止せねばならぬ」

吉宗の出世を新井白石は疑っていた。

いつの間にか、日が落ちていた。

「どうしてくれよう」

灯りさえつけず、一人籠もっている新井白石の思案は、黒いものへと染まっていった。

「すでに吉宗に取りこまれているだけに、勘定吟味役から追放することも、家を潰すこともできぬ」

家宣が生きていれば、新井白石の力は御三家の当主吉宗以上であったが、今ではくらべることもできないほど落ちていた。

「……そうじゃ。吉宗との間にある引きを切ってやればいい。水城の女を殺せばいい。さすれば、吉宗との縁はなくなる。儂にも吉宗にも見放された水城など、明日にでもお役ご免の憂き目に遭おう。そうなったときの顔が楽しみじゃ」

呪《のろ》うような口調でそう言った新井白石は、下部屋から出た。

「御坊主どのは、おられぬか」

江戸城の雑用を担当する御殿坊主には、三日に一度の宿直《とのい》があった。

新井白石は御殿坊主を探した。

「いた」

老中下部屋近くに一人の御殿坊主が座っていた。新井白石の飼っている御殿坊主ではなかったが、このさいどうでもよかった。

「これは筑後守さま。まだ城中に」

新井白石を見かけた御殿坊主が驚愕した。若年寄や老中に宿直はない。まして、無役の寄合旗本が深更江戸城内にいるなどありえないことであった。

「ちと、調べものでの」

ゆがんだ笑いをほほに浮かべながら、新井白石は近づいた。

「間部越前守さまは、お泊まりかの」

「はい。今宵もお体調の芳しくない上様に付き添われておりまする」

「ちと筑後守がお目にかかりたいとお伝え願えぬか」

新井白石が猫なで声を出した。

「このように遅くは、ちと……」

御殿坊主が渋った。

「なに大事ない。拙者と越前守さまの仲じゃ。いつでもよいとのお許しを得ておる」

新井白石が腰に差していた白扇を取りだした。

御殿坊主の目の前で、白扇に大きな字で十両と書いた。

「これをな」

目を見張っている御殿坊主に新井白石が白扇を渡した。

「こ、こんなに……」

御殿坊主が、唾を飲んだ。

白扇は城中での金代わりであった。

金の要ることはすべて家臣がおこなう。紙入れをもって登城する大名はいなかった。しかし、急に御殿坊主へ用を頼むこともある。そのおり、嫌な顔をされないために白扇を使った。花押を入れた白扇は、後日屋敷で金と交換してもらえるのだ。石高や家格で白扇の値段は違ったが、多くて数両である。一度の頼みごとに十両は異常であった。

「願う」

「た、たしかに」

あまりの金額に、御殿坊主は引き受けてしまった。

将軍が就寝しているお休息の間にいたるには、番士たちの詰め所をくぐり抜けていかなければならなかった。

「ごめんを。越前守さまへ御用で通りまする」

「うむ。夜中ゆえ、静かにな」

新番組、書院番組、小姓番組と三カ所の警衛を過ぎて、ようやく御殿坊主はお休息の間手前にまでたどり着いた。

「何用じゃ」

身分からいけば御殿坊主は、名門旗本が任じられる小姓組番と天地ほどの差があった。しかし、小姓組番は御殿坊主へ強硬な態度を取ることはなかった。御殿坊主は老中とも親しく話ができるのだ。にらまれてはろくなことにならなかった。

「新井筑後守さまが、間部越前守さまへお目にかかりたいと」

「……新井筑後守がか」

将軍御座ちかくである。すべての家臣は呼び捨てにされる決まりであった。

「しばし待て。ご同役、頼みまする」

小姓番は、同じく宿直にあたっている同僚に、御殿坊主の見張りを任せ、お休息の間下段へと消えた。

将軍が中奥で就寝するときは、お休息の間上段中央に夜具を敷いた。大奥と同じく、中奥でも添い寝はいた。上段の間右隅に夜具を許された当番の小姓番士が、一夜を過ごした。他にも下段の間には、上段の間に添うように、一辺あたり二人の小姓番士が一睡もすることなくつきそった。

小姓番ではない間部越前守は、本来お休息の間に居場所はなかった。家継の父、六代将軍家宣から傅育を任されたことで、お休息の間出入り勝手を認められているだけであるが、間部越前守は家継のすぐ隣に座していた。

「なにか」

不寝番《ねずばん》の小姓が小声で問うた。

「越前守」

目配せで、小姓番士が間部越前守を呼んだ。

「儂か。一同、上様をぬかりなくな」

お休息の間を出た間部越前守に、御殿坊主が用件を伝えた。

「筑後守がか」

間部越前守が苦い顔をした。

「申しわけございませぬ」

御殿坊主は、間部越前守の顔色を読んだ。

「いや。かまわぬ。ご苦労であった。すぐに参ろう」

「こ、こちらで」

あわてて御殿坊主が先導した。

「まだか。まだか」

新井白石は間部越前守の下部屋前で焦燥していた。

「上様のお側におりましたもので。お待たせいたした」

間部越前守は、さきほどの不機嫌をみじんも感じさせない笑顔で、新井白石に詫びた。

「御用中を失礼いたした。ちと、よろしいか」

目で新井白石が御殿坊主を見た。

「とりあえず、なかへ」

下部屋へ間部越前守が、新井白石を誘った。

老中格を与えられていた間部越前守には、とくに下部屋が一つ許されていた。

「なにでござるか」

襖を閉めきって間部越前守が、問うた。

「勘定吟味役のことでございまするが……」

新井白石は、水城聡四郎が吉宗へ与《くみ》したとのことを告げた。

「筑後守さまの手足の勘定吟味役がでございまするか」

間部越前守が確認した。

「大奥の調べを命じたのでございまするが、いまだなんの報告もなく、ようすがおかしいと思っておりますれば、おのれの妻となすべき女を紀州家の奥へあげまして……」

「吉宗と……」

家宣によって世に出され、家継のおかげで権を保っている間部越前守にとって、次代を狙っている吉宗は仇敵《きゅうてき》であった。

当代の権力者の寵臣は、代がかわれば放逐されるのが世の常である。家宣の寵臣であった新井白石は、家継とかかわっていなかったことが致命傷となり、幕閣からはずされた。

一方、間部越前守は家継を手にしていたことで、将軍交代の大波をしのぎきれた。このまま家継が無事に成長し、子をなせば、間部越前守はさらにもう一代我が世の春を享受できる。うまくいけば、間部家が代々将軍の補佐として格別な家柄となることも夢ではなかった。しかし、八代が吉宗となったばあい、間部越前守は確実に幕政から遠ざけられ、一つまちがえば罰を受けかねない。

八代を狙っているすべての輩は、間部越前守にとって不倶戴天《ふぐたいてん》の敵であった。

「困りましたな。今は吉宗に公《おおやけ》の権はございませぬ。しかし、幕政の金をすべて監察できる勘定吟味役がついたとなれば、つごうの悪いことになりますな」

間部越前守が渋い顔をした。

かつて家宣の墓所増上寺にかんして、間部越前守は聡四郎に致命傷となる書付を握られていた。

「どうせよと」

間部越前守が訊いた。

「伊賀組はお手元に」

新井白石が話をかえて問うた。

「月光院さまから、まだお預かりいたしておりまする」

しっかりと間部越前守がうなずいた。

御広敷に属する伊賀者は、代々大奥の実力者の支配下にあった。現在は将軍家継の生母月光院の手にあった。月光院と関係のある間部越前守は、御広敷伊賀者を自在に使うことができた。

「けっこうでござる。では、吉宗と水城を繋ぐ糸を切っていただきたい」

「それは、相模屋伝兵衛の娘を……」

「……」

無言で新井白石が首肯した。


「役立たずが」

怪我して戻ってきた二人の修行途中の伊賀者へ、柘植卯之はきびしい叱責を与えた。

「さっさといねい。おまえたちはもう組の者ではない。これからは修行の者たちのために身を捧げよ」

「それは……」

言われた二人が愕然とした。

女である赤子の手はもちろん、重ね節も今後人としてのあつかいを受けられなくなるとの宣言であった。

肉欲のはけ口、徒手格闘の的として、死ぬまで高尾山に閉じこめられ、将来の伊賀者育成の犠牲となるのだ。

「連れていけ」

柘植卯之が、配下に命じた。

修行の仕上げに失敗した三人のことを、伊賀組組頭柘植卯之はさっさと頭からぬぐい去っていた。

「水城から手を放すしかないな」

大奥へ一人の女が紛れこんだことを知った伊賀組は、徹底した捜索をするため、聡四郎の見張りに出した伊賀者を引きあげさせていた。

「組頭」

天井裏から声がした。

「なんだ」

「越前守さまが、参られまする」

配下の伊賀者が伝えた。

「そうか」

柘植卯之が、表情を消した。

「伊賀組組頭はおるか」

間部越前守は新井白石と別れた足で、御広敷を訪ねた。

「こちらに」

急いで柘植卯之が出迎えた。

「ここでいいのか」

間部越前守は、声をひそめた。

「ご懸念なく。ここは伊賀結界のうち。なにものの耳も目も入ることはかないませぬ」

力強く柘植卯之が保証した。

「うむ。ならば、よい」

肩の力を間部越前守が抜いた。

「勘定吟味役水城とかかわりのある相模屋伝兵衛の娘が、紀州家に入ったことを知っておるか」

「知りおりまする」

「うむ」

満足そうに間部越前守がうなずいた。

「命を伝える。紀州家に入った相模屋の娘を消せ」

「水城ではなく、娘をでございますか」

聞いた柘植卯之が驚愕した。

「そうじゃ。このまま勘定吟味役を紀州吉宗と近づけることは、まずい」

「…………」

柘植卯之は沈黙した。伊賀者は大奥の実力者に属する。これは代替わりごとに仕える相手を替えることであった。もし八代将軍に吉宗がなったとしたら、ここでの敵対は伊賀組の立場を悪化させかねない。

「人ごとだと思うなよ。前にも申したように、もし八代将軍が吉宗になれば、そなたたち伊賀組は終わりぞ。さすがに神君家康さまがお作りになった伊賀組を解体するようなことはするまいが、探索御用の任、大奥警衛の任は奪われよう。戦国の世を左右した伊賀忍者が、黒鍬者《くろくわもの》同様、江戸城の下働きに甘んじてもよいのか」

間部越前守が、脅すように言った。

「それは……」

探索御用を失った伊賀組は、存在の意義さえ失う。御広敷に伊賀組が配されているのは、大奥の警衛が本来ではなかった。

大奥は将軍が表役人から離れられる場所であった。代々の将軍は、大奥で伊賀者と会い、探索御用を命じてきた。それは伊賀への信頼であった。

その任を紀州藩から来た玉込め役に奪われては、伊賀者の誇りは打ち砕かれることになる。

誇りを失ってしまえば、伊賀者となるためのきびしい修行に耐えることなどできない。修行をしない伊賀者など、ただの同心より価値がなかった。

「これ以上身代を落としたいか」

切り札を間部越前守が出した。

伊賀者はその修行の過酷さ、任の難しさで群を抜いていた。しかし、与えられる俸禄は、町方同心とほとんど変わらないほど少なく、余得がいっさいなかった。

「それは……」

柘植卯之が口を濁らせた。

まだ御広敷伊賀者はよかった。探索御用にたずさわることで、他の明屋敷《あきやしき》伊賀者や、小普請《こぶしん》方伊賀者にくらべて俸禄も多い。

御広敷伊賀者が三十俵二人扶持を得ているのに対し、明屋敷伊賀者や小普請方伊賀者の俸禄はただの十五人扶持だけであった。

一人扶持は、一日玄米五合である。十五人扶持は、一日七升五合を現物支給された。年になおせば、二十七石と、さして少なくないようにも思えるが、大きな違いは、本禄がないことであった。

本禄がないのは、中間小者《ちゅうげんこもの》であり、侍でないと同義であった。明屋敷伊賀者、小普請方伊賀者は幕府から武士として認められていないのだ。

しかし、これは探索御用を失った御広敷伊賀者の末路でもあった。

「家継さまが、無事ご成人なされた暁には、伊賀組を与力ではなく旗本にしてくれる。柘植、そなたにはかつての服部半蔵《はんぞう》と同じく八千石で伊賀者支配を任せる」

「八、八千石……」

柘植卯之が息をのんだ。

一万石をこえれば大名である。八千石は旗本の最高に近かった。

「承知」

欲につられて、柘植卯之が引き受けた。

御広敷には伊賀組控えが用意されていた。柘植卯之は、大奥の警衛を残した全員を集めた。

「越前守さまより、任が参った」

柘植卯之が口を開いた。

「組頭」

内容を語ろうとした柘植卯之を、配下がさえぎった。

「絵島どののことで、越前守さまの威勢がかげりつつある今、唯々諾々《いいだくだく》としたがうのは危険ではござらぬか」

配下が意見を述べた。

もともと京に近い伊賀は、政変に巻きこまれることが多く、生き残るために忍の技を産み出すしかなかったという歴史を持つ。時勢の変化には敏感であった。

「治田《はるた》の丑《うし》か」

柘植卯之が確認した。

「たしかに、そなたの申すとおりである。越前守さまのお力は、確実に衰退した。しかし、家継さまを手にしておられることにはかわりない」

「その家継さまの身に万一があれば、越前守さまなど風の前の蠟燭《ろうそく》より弱いのではござらぬか。あまり食いこみすぎ、共倒れとなっては……」

「それを防がねばならぬ」

力強く柘植卯之が言った。

「家継さまが江戸城におられるかぎり、伊賀組は安泰。さらに……」

一人一人の顔を柘植卯之が見た。

「越前守さまは、家継さまが成人なされたならば、伊賀組の士を旗本としておとりたてくださると、確約してくださった」

「旗本……」

「与力ではないのか」

一同がざわめいた。

常人には理解できない過酷な修行を積み、人知れず活躍する忍は、戦国のころから化《け》生《しょう》の者としておそれられた。いわば、人あつかいされなかったのだ。

人でないと差別されてきた伊賀者が、武士のなかの武士と称される旗本に、将軍に目通りできる身分にあがれるなど、考えられなかった。

「まことか」

丑が確認した。

「うむ」

はっきりと柘植卯之が首肯した。

「組頭どの。で、ご命は」

「相模屋伝兵衛の娘を殺せ」

柘植卯之が告げた。

「紀州家中屋敷の……」

聞いた配下たちが目をむいた。

「玉込め役と戦うのでござるか」

丑が訊いた。

「それはわからぬ。紀州家玉込め役についてはほとんどわかっておらぬ。人数も配属も、その能力もな。上屋敷にはまちがいなくおるだろうが、中屋敷にいるかどうかまではわからぬ」

一度柘植卯之が言葉をきった。

「しかし、いようがいまいが、我ら伊賀者の敵ではなかろう。聖徳太子《しょうとくたいし》の御世《みよ》から忍の技を伝えてきた伊賀者が、たかが根来修験から分かれた玉込め役などに負けようはずはなかろう」

「おう」

柘植卯之の激励に、一同が唱和した。

「丑、狗《いぬ》、蛇」

名前を呼ばれた伊賀組同心が前に出た。

「おぬしたちに先導を命じる。三日以内に紀州家中屋敷の状況を把握、相模屋伝兵衛の娘がどこにいるかを探しだせ」

「承知」

代表して丑が受けた。

「もう一人、鷹」

「はっ」

声をかけられた伊賀者が返事をした。

「おまえは、相模屋伝兵衛の娘の顔を知っておるな」

「何度か勘定吟味役の屋敷で目にいたしましてございまする」

鷹が答えた。鷹は聡四郎の見張り役を務めたことが何度かあった。

「見わけよ」

「わかりましてござる」

命じられた鷹が頭をさげた。

「わかり次第、報せ。儂が自ら出向く」

柘植卯之が出陣すると告げた。

「殺したあとその首を水城の屋敷に放りこんでくれる」

「伊賀の恨み返し」

「そうじゃ。我が組うちの者を何人も殺してくれた。水城には地獄の苦しみを味わわさねばならぬ。妻となすべき女をなすすべもなく殺されれば、少しは悔やむであろう。伊賀組を敵にまわしたことをな」

柘植卯之が述べた。

二

紀州家中屋敷は、江戸城の西、赤坂御門を出たところにあった。一時上屋敷として使われたこともあるだけに、江戸城に近く規模も二千四百坪をこえていた。

「どこから入るか」

切り絵図を前に、丑が口を開いた。

「堀から侵入するか」

屋敷の南にある堀を狗が指さした。

「いや、水に濡れるはよろしくなかろう。近づくまで見つからぬかわりに、あがったあと水で衣服は重くなるうえ、跡が残る」

蛇が首を振った。

「諏訪坂《すわざか》沿いの塀をこえるか。正面は千石ていどの旗本屋敷ばかりじゃ。他人目《ひとめ》もそれほどあるまい」

絵図を覗きこんだ鷹が述べた。

「ここはまずかろう。正門があるのだ。さすがに警衛の者がいよう」

丑が却下した。

「これを使うか」

丑が指を絵図に置いた。

「井伊掃部頭《いいかもんのかみ》どのの下屋敷が、辻を挟んで西側にある」

一同に見えるように、丑が指をずらした。

「なるほどの。ひとまず井伊家に侵入して、紀州家をさぐるか」

狗が理解した。

「行くぞ」

丑が号令した。

大名屋敷ほど盗みに入りやすいところはないとうそぶいた盗賊がいたほど、警備はずさんであった。

丑たちは日暮れを待つことなく、やすやすと井伊家の塀をこえた。

上屋敷ではないとはいえ、江戸城に近い下屋敷には、長屋があり、多くの家臣が詰めていたが、誰一人伊賀者の気配には気づかなかった。

「鷹、紀州の屋敷は見えるか」

井伊家に入りこんだ四人は、下屋敷の大屋根に登っていた。

「ああ。よく見えるぞ」

瓦《かわら》の色と同じ装束に身を包んだ伊賀者は、屋根にみごとに溶けこんでいた。

「奥はわかるか」

「大きな泉水がある。あれが奥の庭であろう」

上屋敷であったころの名残であった。御三家の正室御簾中《ごれんちゅう》が住んだ奥には、立派な庭が設置されていた。

「誰か見えるか」

「いや、庭に人影はない」

すでに暮れ七つ（午後四時ごろ）近い。さすがに庭を散策する者はいなかった。

「見取りは書けるか」

「それはできよう」

仲間が懐から取りだした紙の上に、鷹が筆を走らせた。

見取りとは屋根や縁側の形から、なかにある間取りを読み取ることである。

「間違いないとはいえぬが、おおむねこのようなものであろう」

煙草《たばこ》を二服吸いつけるほどの間で、鷹は紀州家中屋敷奥の見取りを書いた。

「あそこに煙抜きがあろう。あの真下が湯殿。となれば、相模屋の娘がいるのは、このあたりであろう」

御三家の屋敷は代々幕府の普請を担当した半井大和守《なからいやまとのかみ》の手によっていた。建てた者が同じならば、あるていどの想像はついた。

「よし。あとは警固の状況だが……」

丑は蛇を見た。

「任せよ」

蛇がうなずいた。

鷹が遠目がきくように、蛇は人の気配を探ることに長けていた。

音もなく井伊家下屋敷の大屋根から降りた蛇は、庭の片隅で身形を替えた。蛇は小袖に小倉袴《こくらばかま》とどこにでもいる藩士の風になると、塀を一瞬で乗りこえた。

「見のがすな」

「言うまでもない」

鷹が首を小さく縦に振った。

蛇がゆっくりと紀州家へと近づいていった。鷹は蛇ではなく紀州家の屋敷を瞬《まばた》きもせず見張った。

塀一枚隔てた向こうを蛇は全身を使って探った。いかに忍ぼうとも、人は呼吸しないと生きていけなかった。息を吸い吐く、誰もがおこなっていることだけに、なかなか隠すことが難しかった。

もちろん、普通の藩士や女中たちの気配はいくつもあった。蛇はそのなかから、意識して気配の薄いものを探していた。

「……………」

紀州家をぐるりと回って、蛇は戻ってきた。

「どうじゃ」

「これといってはなかった」

「拙者も異常は見受けられなかった」

蛇の報告を鷹が補強した。

「おらぬのか。紀州藩主の吉宗は今国入りしておる。もともと玉込め役は、藩主直属の隠密であり、警護役だという。ついて和歌山へ行っておるのかも知れぬな」

丑が結果から推測した。

「しかし、油断はできぬ」

黙っていた狗が口を開いた。

「わかっておる。もう一日見張り、異常なくば、明日の夜組頭さまへ報告いたそう」

小さいながらはっきりとした口調で丑が告げた。

そんな伊賀者を紀州玉込め役は見逃していなかった。

井伊家と辻を挟んで対している尾張徳川家の拝領屋敷大屋根に玉込め役明楽《あけら》妙《みょう》之進《のしん》が、張りついていた。

「あやつらは……」

明楽妙之進の任は、吉宗にとって最大の競争相手となる尾張徳川家の見張りであった。

「お屋敷をうかがっておるようだの」

静かに明楽妙之進は、尾張家の屋根から滑り降り、井伊家とは反対になる麴町《こうじまち》通りを走った。麴町六丁目の角を南に曲がった明楽妙之進は、紀州家正門脇の潜りを叩いた。

「……明楽か」

潜りの小窓から村垣源内《むらがきげんない》の目が覗いた。

「何者かは知れぬが……」

明楽妙之進が話した。

「さっきのみょうな気配はそれか。しかし、我ら玉込め役のいる紀州家屋敷に手出しをしようとは、おろかな者どもよ」

村垣源内が笑った。

「わかった。きさまは、ただちに持ち場へと帰れ」

「うむ」

言われて明楽妙之進は、尾張家へと戻った。

紅は、退屈しきっていた。食事はおろか夜具の準備さえ、己ではできないのである。物心ついてこのかた、己のことだけではなく、父相模屋伝兵衛や袖吉ら職人人足連中の面倒を見てきた紅としては、なにもしないのは拷問に近かった。

「姫さま。そのようなことをなされては」

「わたくしどもがいたしますゆえ」

脱いだ衣服をたたもうとしただけで、数人の女中がとんでくるのである。

「お姫さまというやつはつらいねえ」

紅は嘆息した。

そんな紅の楽しみは、一日に二度、朝と昼に許された散歩であった。

「この池だけで、うちの家がすっぽり入っちまうねえ」

泉水のほとりを歩きながら紅は、感心していた。

「紅さま。あまり近づかれますると、危のうございまする」

紀州家中屋敷の奥をしきっている中臈が、注意した。

「はい」

すなおに紅は泉水から離れた。

「いたぞ」

井伊家の屋根に潜んでいた伊賀者のなかで、鷹が最初に気づいた。

「なにっ」

残りの三人は、急いで鷹が指さす先を見た。

「あの泉水側にいる女だ」

「あれか……周囲には女中とおぼしき女が四人。他に玉込め役らしいのはおらぬか」

丑が問うた。

「奥ぞ、紀州ら三家は大奥に準じる。見えるようなところに男が入ることはない」

鷹が否定した。

「女のなかに玉込め役筋の者がおるやも知れぬ。また、我らのように陰警固をしていることも考えられる」

油断を丑がたしなめた。

「それらしい者は見あたらぬ」

いっそう鷹が目をこらした。

「簡単に見つかるような場所にはおるまい。それよりも相模屋の娘がどこに入るかを見逃すな」

「わかっておる」

丑の言葉に鷹が不満そうに答えた。

「紅さま。そろそろ中食《ちゅうじき》の時刻でございますれば、お部屋へお戻りなされませ」

中臈が、紅をうながした。

「もうそんなころあいでございまするか」

なにもしていないにひとしいのだ。お腹などすくはずもなかった。

「では、なかへ」

しかし、聡四郎のことを考えれば我を通すこともできないと、紅はすぐに屋敷へと帰った。

「あそこか」

鷹はしっかりと目に焼き付けた。

「ここぞ」

昨日書いた見取り図に、あらたな墨点を加えた。

「泉水からもっとも近いところか」

一同が確認した。

「よし、組頭さまへご報告じゃ。狗」

「おう」

屋根を降りた狗はたちまち見えなくなった。

「決行は近い。半数に分かれ、休みをとれ」

丑が、夜に備えよと告げた。

「あの走りは隼鷹《じゅんよう》の術か」

明楽妙之進は、狗を見逃さなかった。隼鷹の術とは、身体を半身とし、片足のどちらかを蹴り足に決め、すばやく人や木々の間などを駆けぬける技のことである。

「あやつらは伊賀か……間部越前守の手配」

伊賀組の背景を玉込め役は熟知していた。

「殿は国元、お子さまがたは上屋敷。中屋敷には、誰もおられぬ」

伊賀組のことは、報告を受けて中屋敷に出向いてきた川村仁右衛門にもたらされた。

「伊賀者の狙いは、相模屋伝兵衛の娘ぞ」

川村がすぐに見抜いた。

「相模屋の娘は勘定吟味役水城聡四郎と繋がっておる。殿の配下に水城が入る。これが間部越前守にとって不都合なのだ」

「なぜでございましょう」

村垣源内が問うた。

「そこまでは、わからぬ。だが、勘定吟味役は幕府すべてにおける金の動きを知ることができるのだ。水城は間部越前守にとって、まずいことを握ったか、近づいたかしたのではないか。それが、水城から殿へ渡ることを怖れている」

「ならば水城を排除するべきでございましょう。なにもわざわざ八代将軍となられるお方の中屋敷まで襲わせて、相模屋伝兵衛の娘を奪うか、殺すかなどの危ない橋を渡る必要があるとは思えませぬ」

納得できないと村垣源内が言った。

「普通ならばな。そこに思惑があると考えねば、次代の幕府探索方込め役の任には不足ぞ、村垣」

たしなめるように川村が述べた。

「紀州屋敷で襲うことに意味があるのだ。預かった娘を守りきれなかったとしたら、水城は、相模屋伝兵衛はどう思う。紀州家頼むにたらずと考えよう。もちろん、娘に手出しした伊賀者を憎むだろうが、その先は闇。推測で間部越前守へ詰め寄ることはできぬ。残るのは、紀州家への不信。水城が間部越前守のどのような弱みを握っていたとしても、殿に報せることだけはなくなる」

「なるほど」

明楽妙之進がうなずいた。

「よいか。相模屋伝兵衛の娘に傷一つつけてはならぬ。万一、相模屋の娘が死ぬようなことになれば、殿の信頼は我ら玉込め役から消える。二代光貞公以来、綱教公、頼職公と冷遇されてきた我らを、初代頼宣公の御世と同じく重用してくださった殿のご恩を忘れてはならぬ。足軽以下、明日喰う米さえない境遇に戻りたくなければ、励め。儂は殿にご報告しに参る。村垣、おぬしに江戸を任すぞ」

「はっ」

村垣源内が引き受けた。

丸一昼夜はさんだ深夜子の刻（午前零時ごろ）、伊賀組組頭柘植卯之が井伊家の屋根へと現れた。

「どうだ」

「変わりありませぬ」

代表して丑が答えた。

「一日おいても同じとならば、まちがいあるまい。本来ならばあと三日は見たいところだが、ときがない」

柘植卯之が決意を表した。

「我らの目的はただ相模屋の娘一人。他の者には目もくれるな」

「はっ」

「手裏剣に毒を塗れ」

柘植卯之の命で、四人の伊賀者は手裏剣に附子《ぶし》を塗った。

附子はとりかぶとの根を煎じ煮詰めた毒である。飲ませても、また傷から入っても有効で、解毒薬はなかった。

「よし、行け」

四人の伊賀者が屋根を音もたてず駆け降りた。

「来たぞ」

尾張家の見張りを中断し、紀州家中屋敷奥の屋根に腹ばいになっていた明楽妙之進が告げた。

「ぬかるなよ」

「そちらこそな」

村垣源内は、雨戸の閉められた縁側に伏せていた。

伊賀者は妨害を受けることなく、紀州家奥の庭へ入りこんだ。

「…………」

柘植卯之は、紀州家の塀の上で立ち止まった。

雨戸に耳をつけて、なかの気配を探っていた蛇が無言で首を縦に振った。

うなずいた狗が雨戸に近づき、苦無《くな》いをとりだした。

苦無いは葉のような形をした小さな両刃のこぎりである。狗が苦無いを雨戸の下に差しこんで、こじた。

音もなく雨戸がはずれた。

顔を見あわした狗と蛇が、はずれた雨戸をそっと持ちあげた。

「………」

開いた口から縁側へ、音もなく鷹があがった。

「え……」

鷹の胸に手裏剣が突き刺さった。

「………」

倒れる鷹を見た伊賀者に緊張が走った。

開いた口を、扇状に三人が構えた。

「待ち伏せされたか」

柘植卯之がつぶやいた。

三人がなかへ向かって手裏剣を投げた。続けて丑と蛇が手裏剣を投げた。あわせて狗がなかへと跳びこんだ。勢いのまま、襖を破って書院に入りこんだ狗は目の前に夜具を見つけた。

「……しゃ」

躊躇なく狗が手裏剣を放った。

毒を塗った手裏剣が、夜具へ突き刺さった。

狗が入りこんだあとを注視していた丑と蛇の上から手裏剣が降った。

「ちっ」

二度目の不意打ちは、さすがに効かなかった。

丑と蛇は横飛びして、避けた。

蛇に向かって明楽妙之進が跳んだ。

「……くっ」

体勢を崩した蛇は、倒れながらも襲い来る影へ手裏剣を放った。

「……つっ」

空中で姿勢を変えることはできない。明楽妙之進は左肩をかすられた。

そのまま明楽妙之進は、抜きはなった忍刀で斬りつけた。

忍刀は、蛇の首根を軽く刎《は》ねた。

「はくっ……」

溜息のような声を漏らして、蛇は絶命した。

「しゃ……」

蛇の犠牲を丑は無駄にしなかった。明楽妙之進が蛇と対峙している隙に立ちあがり、手裏剣を投げつつ突っこんだ。

「………」

明楽妙之進も油断していなかった。

死んだ蛇の首を摑《つか》み、引きおこして盾にした。手裏剣は蛇の胸に深く刺さって、明楽妙之進には届かなかった。

「……しゃ」

丑が忍刀を突いた。

斬に対して人体は立派な盾となるが、骨のない腹を突けばやすやすと刃は貫く。丑は仲間の死体にためらいなく刀を通した。

手にした死体から伝わる感触で、丑の意図を悟った明楽妙之進は、身体をひねった。

忍刀が、蛇の背中から一尺（約三〇センチメートル）ほど突き出たが、明楽妙之進の身体には傷はつけられなかった。

「……くう」

手応えのなさに急いで刀を引こうとした丑に向けて、明楽妙之進は蛇の死体を押しつけた。

存分に食いこんだ刀は、押しつけられた肉に動きを封じられていた。

「おろか者が」

明楽妙之進が、ささやくように言い、左手の忍刀を振りおろした。

「……」

忍刀に頭を割られながらも、丑は苦鳴一つ漏らさず、死んだ。

二人に止めを刺した明楽妙之進は、塀の上で動こうとしない柘植卯之へと目を向けた。

「……」

一瞬、互いを睨みあったが、柘植卯之が退いた。

忍ほどしつこいものはなかった。狗は突き刺さった手裏剣の効果を確認すべく、夜具へと近づいた。

力一杯忍刀を夜具へと突いた。

「これは……」

感触で狗は夜具のなかに人がいないことに気づいた。

「待ち伏せされていた段階で、気づかねばなるまいが」

狗の背後から声がかけられた。

「……くっ」

振り返りざまに、狗が手裏剣を声めがけて投げた。

「同じ手が何度もつうじるものか」

村垣源内は、しゃべった場所にいなかった。村垣源内は、畳に沿うよう低くなっていた。

「……ふっ」

うつぶせになった位置から村垣源内は手裏剣を投げた。

「………」

狗が弾いた。

しかし、そこまでであった。

投げた瞬間、跳ね起きた村垣源内の忍刀が、狗の喉を斬りさいた。

「……かはっ」

開いた傷から息を漏らした狗が、落ちた。

「このていどでは、探索御用に遣えぬ」

村垣源内は、狗の死亡を確認してから、武器を探った。

「これは……」

狗の持っていた手裏剣を見た村垣源内の顔色が変わった。棒手裏剣の先が黒く濡れていた。

「毒か。やることが下品よな」

触れぬように、手裏剣を手ぬぐいで包み、村垣源内は外へと出た。庭に二人の伊賀者が屍《しかばね》をさらしていた。

「明楽」

村垣源内の声に応えはなかった。

「まさか……」

周囲を見まわした村垣源内は、泉水のほとりで倒れている明楽妙之進を見つけた。

「……明楽」

明楽妙之進は、泉水に顔をつけるようにして死んでいた。

「附子か」

苦悶にゆがんでいる明楽妙之進の顔が、毒の正体を語っていた。附子の毒は心の臓に作用して、その動きを止める。

附子の毒を喰らった者は、急激に停止する心の臓から発する痛みに悶絶しながら死ぬことになる。

「殺しあうことは、いたしかたないが……伊賀者よ、この恨み、かならず返す」

村垣源内が歯を食いしばった。

三

新しく与えられた部屋で、紅は目覚めた。しかし、起きあがることは許されなかった。

「お目覚めなされましょう」

中臈が起こしに来るまで、夜具に横たわっていなければならなかった。

「おはようございまする」

紅は夜具のうえに座った。

「ご機嫌うるわしく、お喜び申しあげまする」

ていねいに中臈が手をついた。

「お身支度をお整えなされたのち、お手数とは存じまするが、奥座敷までお出ましくださいますよう」

「奥座敷でございまするか」

紅は確認した。

紀州家中屋敷奥座敷は、表に近いところで、用人《ようにん》たちとの対面がおこなわれるところであった。

「はい。ご用人松平《まつだいら》図書《ずしょ》さまより、お話がございました」

「話でございまするか」

「おめでとうございまする」

中臈が祝いを述べた。

「紅さまのお輿入れについて、殿さまより御上へお報せが出されたとのよし」

「まあ……」

聞いた紅は息をのんだ。

「本日より、ご婚礼の作法をお教えさせていただきまする」

中臈が告げた。

「つきましては、殿よりの下されものがございまする。ご用人さまよりお受け取りくださいませ。ご婚礼支度とのことでございまする」

「はい」

婚礼との言葉に、紅はほほを染めてうなずいた。

紅を殺すどころか配下を倒され、逃げかえった形となった柘植卯之の気分を逆なでする
ような話が、江戸城の噂として聞こえてきた。

「紀州家の姫が、勘定吟味役に嫁ぐそうだ」

奥右筆部屋にあげられた書付の内容は、その日のうちに拡がった。

「どうなっておる」

当然間部越前守の耳にもことは届く。柘植卯之は間部越前守から叱責された。

「申しわけもございませぬ。今しばし、今しばしのご猶予を」

柘植卯之は平伏した。

「役立たずが。もうよい。それより大奥へ入った曲者《くせもの》の一件はどうなった」

間部越前守は、話を変えた。正式な届けがあげられた以上、紅の身に異変があれば、幕
府から検視が出ることになる。間部越前守は、紅を放置すると決めた。

先日、黒鍬者の手助けで一人の忍が大奥へと入りこんでいた。

「屋根裏から床下までくまなく探しましたが、未《いま》だ……」

苦い顔で柘植卯之は答えた。

「なにをしておる。このままでは上様を大奥にお返しできぬではないか。それでよく、大奥警固がつとまるの」

きびしい声で間部越前守が糾弾した。

「………」

言い返す言葉もなかった。

「今日明日中になんとかいたせ。さもなくば、御広敷の警固を明屋敷伊賀者へと替えてやる」

「それはお許しを」

柘植卯之が平伏した。

明屋敷伊賀者にとって大奥警固に抜擢されることは念願である。命かけて働くことはあきらかであった。

「言うだけならば、子供にでもできよう」

冷たいまなざしを残して、間部越前守が去った。

叱責を受けた柘植卯之の不満は、配下の伊賀者へと向けられた。

「さっさと見つけだせ」

「と言われましても、大奥のすべてを探索することはできませせぬ」

配下が困惑した。

大奥は将軍以外の男子禁制である。いかに陰警固の伊賀者といえども、表だっては入れないことになっていた。

「一目でも見られれば、大事になりまする」

女中に騒がれれば、ただではすまなかった。

大奥が男子禁制な理由はただ一つ、将軍の血筋に疑いをもたさぬためであった。毛ほどの疑いでももたれれば、幕府は大きく揺らいだ。将軍の子ではないかも知れぬとなれば、御三家が黙っていなかった。それこそ三家の当主を担いで、大名たちが争い、戦《いくさ》が始まりかねないのだ。

「たかが大奥女中に姿を見られるほど、伊賀者の技は落ちたというか」

柘植卯之がにらんだ。

「………」

配下たちは沈黙した。

「今すぐ、行け。見つけるまで帰ってくるな」

配下たちが散った。

御広敷と大奥は七《なな》つ口《ぐち》で繋がっていた。

伊賀忍者は、七つ口の屋根の上を走った。天井裏や床下には、忍返しとして、あちこちに鉄の仕切りが設けられていた。

音をたてずに大奥へ入った伊賀者だったが、庵《いおり》はすぐに勘付いた。たび重なる失敗が、伊賀者のこころを波立たせ、気の乱れを呼んでいた。

「あきもせず」

小さく庵がつぶやいた。

庵は紀伊国屋文左衛門に飼われていたはぐれ忍であった。金をもらい、紀伊国屋の前に立ちふさがる敵をひそかに排除してきた。

最後の頼みとして将軍家継の暗殺を千両で請けおった庵は、大奥でどうどうと生活していた。庵は大奥女中のなかでもっとも身分の低い、お犬に化けていた。

お犬は、幕府から給金の出る女中ではなかった。中臈など大奥の女中たちが私《わたくし》の用をさせるために雇い入れている下働きであった。

一人の大奥女中に数人のお犬がつく。私の使用人だけに、主が違えばしゃべることもあまりなく、顔をあわせる必要もない。そうでありながら、主の使いとしてあちこちに行くこともあるため、どこにいても不審とは思われない存在であった。

庵はあちこちの局を渡り歩くようにして、伊賀者の目をごまかしていた。屋根裏や床下、局奥の押し入れなどをいくら探しても見つかるはずはなかった。

「お犬、お犬」

金切り声で呼ぶ声が聞こえた。

「こちらに」

庵は小走りで向かった。

「御用でございましょうか」

廊下に庵は平伏した。

「うむ。明後日、中臈如月《きさらぎ》さまをお迎えして、お茶会を開くことにいたした。そなた七つ口まで参り、万屋《よろずや》に菓子の注文をいたせ」

中臈が命じた。

少し前なら、将軍生母月光院の体調がすぐれないときに、茶会などあり得なかった。月光院の力の衰えはここにも表れていた。

「承りましてございまする」

顔を下げたまま、庵が答えた。中臈は、すぐに局の奥へと引っこんだ。

中臈は旗本の娘が多かった。矜持《きょうじ》がたかく、町人の出であるお犬のことなど気にもかけていなかった。

「七つ口か」

庵が笑った。七つ口には御広敷伊賀者が詰めていた。

ややうつむき加減で庵は七つ口へ行った。

七つ口には何人もの商人が出店を張っていた。庵はその一軒に近づいた。

お犬といえども、大奥の女である。商人とのやりとりにも規制があった。必要以上の会話はできなかった。

「明後日の朝、茶会に使う菓子を二組用意なされ」

「へい」

お犬とはいえ、商人にとってはたいせつな客の代理である。ていねいに商人が頭をさげた。

用がすめば、七つ口から去るのも慣例であった。

「頼みました」

庵は逃げるようにして七つ口を離れた。

「三人」

畳廊下を歩きながら、庵はつぶやいた。

「伊賀組の残りは、大奥のなかか」

庵は緊張していた。はぐれ忍には、背中を守ってくれる仲間がいなかった。どこで死んでも、花を手向《たむ》けてくれるどころか、思いだしてくれる者さえいなかった。

「すでに大奥へ入って五日になる。そろそろ将軍に来て貰わねば、まずい」

やりなおしのできない仕事を続けてきただけに、庵は潮時というのを理解していた。敵地に侵入して潜むだけならまだしも、警戒されているところを自在に動きまわるのは至難であった。庵にも焦りがうまれていた。

「お犬」

「ここに」

別の中臈が呼ぶ声に、庵は応えた。

四

将軍家ご不例となれば、在府している大名たちは見舞いをしなければならなかった。家継の寝ているお休息の間までとおされるのは、御三家と一部の譜代のみであるが、大名たちはこぞって見舞いの品を整え、お側《そば》ご用人のもとへと顔を出した。

「上様には、ご気分がおすぐれにならぬとのこと。これは、国元の名物でございまする。

お慰みになりますれば、望外の喜び」

「忠節の儀、きっと上様にお伝えいたす」

見舞いの対応に忙殺されることになった間部越前守は、かつての勢威を取り返したかのようであった。もっとも、かつて将軍家への貢ぎものと同じくらいあった間部越前守への音物《いんもつ》は、ほとんどなかった。

「越前守どの」

ひとしきり大名の応対を終えたところに、大目付《おおめつけ》がやってきた。

大目付は大名の監察を任とする。非違のあった大名を評定所《ひょうじょうしょ》へ呼びだすだけでなく、必要であれば一時《いっとき》の謹慎を命じることもできた。

「なにか」

思いあたる節のない間部越前守は首をかしげた。

「聞かれたか」

確認するように大目付が問うた。

「なんのことでござる」

知らされていないとさとった間部越前守は、苦い顔をした。

「御三家方が、上様のお見舞いに出府したいと御用部屋へ願いをあげたそうでござる」

「尾張、紀州の両家が」

間部越前守が驚いた。

御三家でも水戸家は江戸へ定府《じょうふ》するのが決まりである。水戸藩主が国元に帰るのは、藩主就任時と隠居した後だけであった。

「そこで、じつのところをお伺いいたしたい。上様のご病状はいかがでござろう。尾張からならば、七日、紀州からなら十日ほどかかりましょう。出府したおり、すでに上様お床《とこ》上《あ》げずみでは、無駄なことでござる。要らぬ風評をまねくことになりかねませぬでな」

大目付は長く役目を務めてきた旗本が最後に就く名誉役であった。それだけに、世事にもくわしかった。大目付は、御三家急出府が、家継危篤ととられかねないことを危惧したのである。

「ご心配当然のことと存じあげる」

まず間部越前守は、大目付の判断を妥当だと認めた。

「奥医師の話によりますれば、あと三日もすればご体調は回復され、五日ほどで床をあげられようとのことでございまする」

間部越前守が告げた。

「それは重畳《ちょうじょう》。ならば、尾張、紀州の両家方には、出府の必要なしと伝えましょう。お手間を取らせました。ごめん」

大目付が去っていった。

「誰の差し金ぞ」

一人になった間部越前守が、吐きすてた。家継は病弱であった。いままでも何度となく熱を出して寝こんできた。しかし、一度たりとても御三家の急出府の話はなかった。なにより、尾張や紀州にいて家継の容態を数日で知る術《すべ》などないのだ。

「三家どもめ」

間部越前守の額に怒りの筋が浮いた。

「家継さまのご寿命をはかりおって」

憎々しげに間部越前守が吐きすてた。

「しかし、これ以上上様を病にさせるわけには参らぬな」

間部越前守が目を閉じた。

水戸をのぞく尾張、紀州には、将軍位へ野望があった。

家康からすべてを譲ると遺言された初代頼宣の望みを受けつぐ紀州、そして初代義直《よしなお》が、家康から冷遇されたことへの恨みに起因する尾張と思いは違ったが、ともに将軍位に執着していた。

尾張当主と紀州当主が、家継への見舞いのために急出府となれば、後継の問題が浮上することになる。場合によっては、病弱幼少な家継では幕府を支えきれぬとの話が出かねなかった。すでに、尾張あるいは紀州のどちらかを将軍後見として江戸城へ迎えるべきとの意見は、幕府のなかでも出ているのだ。

尾張と紀州が出した急出府伺いは、八代を選ぶ儀式を始めよとの意思表示だと、間部越前守にはわかっていた。

「半井道源に薬を減らすよう、命じなければならぬな」

間部越前守は、急ぎ足で家継が伏すお休息の間へと向かった。

内座に入った聡四郎は、いきなり大勢の勘定衆に囲まれてとまどった。

「な、なんでござろう」

「いや、水城氏もお人が悪い」

「そうじゃ、そうじゃ。お話が進んでおるというなら、そう言ってくれればよいものを」

日ごろ目もあわさない勘定衆が、口々に聡四郎へ話しかけた。

「なんのことかわかりかねまするが」

聡四郎は首をかしげた。

「お隠しになるな」

勘定衆勝手方の一人が、聡四郎の背中を叩いた。

「紀州公のお姫さまを娶《めと》られるとは、驚きましてござる」

「えっ」

一瞬、聡四郎はなんのことかわからなかった。

「水城さま、ちょっと」

近づいてきた太田彦左衛門が外へと誘った。

「ああ」

誘われて出ていく聡四郎に、声がかかった。

「祝宴を設けるゆえ、是非にな」

内座を出たところで、太田彦左衛門が足を止めた。

「ここでよろしいのか」

納戸御門を出た物陰で密談するのが、二人の決まりであった。

「新井筑後守さまの下部屋前を通ることになりますぞ」

太田彦左衛門が止めた。

「それは……」

復権のため、一日下部屋にこもりながらも、新井白石は城中の噂などに耳をそばだてていた。相模屋伝兵衛の娘が紀州徳川吉宗の養女となって、聡四郎に嫁ぐとの話は、新井白石の耳に入っていると考えるべきであった。

「なぜかの理由まではわかりませぬ。ですが、新井筑後守さまは紀州権中納言吉宗さまを毛嫌いされておられる。紅さまが、吉宗さまの娘御となられるなら、水城さまは紀州の手の者ということに。新井筑後守さまにとって、ご辛抱はできますまい」

太田彦左衛門の危惧は、聡四郎にも痛いほどわかった。

「などと申しても、新井筑後守さまでは、水城さまに手出しすることなど、できますまい」

権を失った役人の悲哀を、太田彦左衛門はいくつも見てきた。瞳に憐れみの色を浮かべながら、太田彦左衛門が小さく首を振った。

「はあ」

聡四郎は、太田彦左衛門の言いたいことが半分理解でき、残りはわからなかった。紅の一件で新井白石と決別することになるのは、理解していた。場合によっては勘定吟味役を降りる覚悟もしていた。聡四郎がのみこめなかったのは、新井白石と己の力関係であった。太田彦左衛門の言葉を借りれば、聡四郎の権が新井白石をこえたように聞こえた。しかし、聡四郎にはまったく実感がなかった。

「水城さまらしい」

太田彦左衛門が小さくほほえんだ。

「よろしいか。水城さまの奥方になられる紅さまは、相模屋伝兵衛の娘であるとともに、紀州徳川権中納言吉宗公の養女でもあられる」

「それはわかっておりまする」

「その先がわかっておられないようで。よろしいか、水城さま。あなたさまは吉宗公の義理の息子ということになるのでございますよ。すなわち、上様のご一門と」

「……まさか」

ようやく聡四郎は、周囲の激変を理解した。ことの重さに衝撃を受けた。

勘定衆の裏切り者が、一夜で将軍の親戚なのだ。嫌がらせなどできようはずもなかった。

「すでに奥右筆部屋まで書付はあがっておるとのこと。そこから漏れたのでございましょう。奥右筆の口は岩より堅うございますが、出入りしている御殿坊主の口は、紙より軽うございますから」

「奥右筆……ならば、まだ御用部屋には」

聡四郎は一縷《いちる》の望みを託した。奥右筆部屋は不思議と聡四郎にかかわることを後回しにする。御用部屋で決した堺奉行への栄転も、いまだ奥右筆部屋で停滞したままになっている。幕政の書類いっさいをあつかう奥右筆の身分は聡四郎よりも低い。しかし、与えられている権限ははるかに大きかった。老中の出した書付であろうとも、奥右筆が筆を入れないかぎり、発効しないのだ。

「ご覧になっておられれば、おわかりになりましょう。おそらく本日中には御用部屋へ書付が回り、明日にも上様のご裁可、明後日にはお許しが出ましょう」

淡々と太田彦左衛門が予測してみせた。

戦のなくなった幕府は、武官制から文官支配へと姿を変えた。中国の王朝を比喩に出すまでもなく、文官というのは己の権を保護するためにはどのようなことでもやってのける。前例が、慣例がなどの逃げ口上を使って、少しでも時を稼ぎ、わずかな責任さえ負わないよう仕組んでいく。一枚の書付に数日どころか数カ月かけることも平気だった。

「そんなに早く」

明後日には将軍の許しが出ると聞いた聡四郎は目を剝《む》いた。

「もしそうならば……いままで水城さまが更迭《こうてつ》されなかった理由がわかることになりましょう」

「……吉宗公か」

さすがに聡四郎もわかった。

「おそらく。水城さまを取りこんだと世間に報せた吉宗公のお考えまではわかりかねまするが、影響はあちらこちらに出て参りましょう。なにより、水城さま、これからは勘定衆はおろか、若年寄、老中の執政方からも注視されることになるのでございまする」

太田彦左衛門が忠告した。

「身を律しなければならぬか」

聡四郎には、今後死ぬまで吉宗の娘婿という肩書きがついてまわるのだ。良きにつけ悪《あ》しきにつけ、目立つことこのうえなかった。

「はい。それと、大奥への監察の準備も急がねばなりますまい」

「とはどういうことでござる。月光院さまご不例につき、日延べとなったはずでござるが」

とうにおこなわれているはずの大奥月光院付き中臈への事情聴取は、無期限の日延べを余儀なくされていた。

「大奥ほどあつかいにくいところはございませぬが……同時に大奥ほど表の事情に敏感なところもないのでございまする。おそらく数日中に、あらたな日取りが伝えられましょう」

権力にすがって生きていくしかない大奥の性質を太田彦左衛門は知っていた。

「月光院さまの本復を待たずしてか」

「はい。少し前ならなにがあっても大奥への監察などは不可能だったのでございまする。それができるようになった。絵島の一件の衝撃はそれだけ大きかったので。そしてもっとも勢いを失ったのが月光院さま。将軍家生母として力を恣《ほしいまま》にされた反発が、大奥だけでなく表にまで拡がってしまった。おそらく今ここでさらなる我を張って、しつこく探られるよりは、早めにことをすませ、勘定方のいえ、水城さまの機嫌を損ねぬようにしたほうが得策と考えましょう」

経験から来る読みを太田彦左衛門は語った。

「準備を急がねば」

「ご懸念なく。この数日、延ばしていただけたおかげで十二分に整いましてございまする」

太田彦左衛門が、しっかりと告げた。

急に仕事が減った聡四郎は、いつもより早く下城した。その足で相模屋伝兵衛を訪ねた。

「先ほど、紀州家から用人さまがお見えになられ、紅のことを教えてくださいました」

すでに相模屋伝兵衛は、紅が紀州家の姫として聡四郎のもとへ来ることを知っていた。

「よろしいのでしょうか」

相模屋伝兵衛が震えていた。

数百の人足、職人を束ねる相模屋伝兵衛といえども、相手が御三家、それも次の将軍にもっとも近い吉宗となると、対抗のしようがなかった。

「なるようにしかなりますまい」

「まあ、しょせん、人の一生なんぞ、仏さまの掌で転がっているだけでやすからねえ。俗世での身分は、衣服と同じ。死んで脱いじまえば、将軍さまもあっしも一緒でやすから」

嘆息しながら、袖吉が言った。

「吉宗さまに取りこまれた形になるが、己をしっかり持っていればすむこと。なにより、今は紅どのを取られているにひとしいが、妻として我が屋敷に来れば、怖れるものはなにもござらぬ。たとえ吉宗公が将軍になられたとしても、是々非々で立ちむかうだけ。いざとなれば役目を辞めて小普請となれば、それ以上の咎めを受けることはございますまい」

聡四郎は言った。

小普請とは役目のない旗本御家人のことである。千石をこえた旗本たちが属する寄合とは大きな差があった。無役になるため、役料がなくなるのは当然、そのうえ、江戸城の修繕費用の一部を供出しなければならなかった。

懲罰小普請と呼ばれるほど、旗本御家人から怖れられていた。

「そんなにあっさり旦那を手放しやすかねえ」

袖吉が首をかしげた。

「辞めたいときに辞めさせるようなら、最初から旦那に手出しはしてきやせんよ。紀州さまはお目にかかったことなんぞありやせんが、甘いお方とは思えやせん」

「そうだの。でなければいかに御上のお金を隅々まで監察できる勘定吟味役とはいえ、五百石ほどの旗本に、注意を払うとは思えない。五十五万石、しかも次の将軍さまとの呼び声も高いお方がだ」

相模屋伝兵衛も同意した。

「なにがあると」

「わかりゃしやせんよ。そんなおえらい方の考えなんぞ。でもろくなことじゃございますまい」

瞑目《めいもく》した袖吉から発せられた言葉に、聡四郎は得体の知れぬものを感じた。

第四章　大奥の客

一

刺客が送られてきた。これは江戸の状況に変化があったとの証明でもあった。吉宗は、少しでも情報を早く手にするため、和歌山を離れ、松坂へと移動した。

「紀伊国屋文左衛門が、品川に大船を入れたか」

「はっ」

報告しているのは川村仁右衛門であった。

川村は江戸から松坂までを三日で駆けぬけていた。修行を積んだ忍は、一刻（約二時間）で十里（約四〇キロメートル）を走る。一日六十里（約二四〇キロメートル）くらいは、平気であった。

「幸橋への出入りはどうだ」

「ここ何日も近づきさえしておりませぬ」

川村が答えた。

「ほう」

吉宗が声を漏らした。

「過去、紀伊国屋が美濃守のもとへ半年ほど顔を出さなかったこともありまするが」

「水城によって、小判改鋳のからくりがあばかれたときのことであろう」

川村の補足に、吉宗は知っていると言った。

勘定奉行荻原近江守の主導でおこなわれた、慶長小判を粗悪な元禄小判に改鋳する計画は、紀伊国屋文左衛門、柳沢吉保に百万両もの利潤をもたらした。

「なにかお気になるのでございましょうか」

腹心の川村は、主の言動をよく見ていた。

「柳沢美濃守が病に伏してどのくらいになる」

「昨年の冬からでございますれば、半年近くには」

吉宗の問いに、川村は答えた。

「万治《まんじ》元年（一六五八）生まれの美濃守は、今年で五十七歳になる。そろそろ己の寿命も見えてきておろう。そこへ病じゃ。甲斐守吉里を将軍にすることだけを生きていく目的にした男が、死を身近に感じたとき、なにを考えると思う」

寵臣に吉宗は質問を投げた。

「…………」

川村は沈思した。

「太閤秀吉のことを思いだしてみよ。天下を手にした一代の英傑だったが、その死の直前、秀吉はどうした。神君家康公や、前田利家《としいえ》などにくりかえしくりかえし、幼い我が子秀頼《ひでより》のことを頼んでいた。これがどういうことかわかるか。秀吉は己が生きている間に息子秀頼へ天下を譲りたかった。いや、天下人としたかった。しかし、それがかなわぬと知ったとき、秀吉は己の夢を、他人に託すしかなかったのだ」

「美濃守も同じだと」

「うむ」

吉宗は、ふと寵臣から庭へと目をやった。

「柳沢美濃守ほどにもなれば、奥医師はおろか、天下の名医を招くこともできる。実際そうしているはずじゃ。なれど快方に向かってはいない。少しでもよくなったなれば、美濃守は無理してでも床上げの祝いを仰々しくやるであろう」

「はい」

川村がうなずいた。

いつの世も権力者にとってもっとも重要なのは健康である。いかに権力を自在に操ったところで、寿命だけは長らえることはできなかった。先の見えた権力者には誰もついていかない。短期の栄華と引き替えに共倒れするより、次の権力者を見つけて、媚《こ》びを売るほうが、よい結果を生むからである。

「いまの老中、若年寄はもとより、京都所司代《しよしだい》、勘定奉行など幕府の枢要を占める役人どものほとんどは柳沢美濃守によって引き立てられた者じゃ。綱吉さまの死で江戸城から去ったとはいえ、きゃつらにとって柳沢美濃守はおそろしい相手よ。なんせ、己のすべてを知られているにひとしいのだ。どの老中が、役につきたいがため、どれだけの金を配ったかとか、権力を利用してこのようなことをしていたとか、一つでも世間に漏れれば、その身は破滅じゃ。しかし、それも美濃守が生きていればこそよ。吉里では、意味がないのだ。実際に見てきた者の言葉なればこそ重い。伝聞をいくら言いたてたところで、証拠がなければ、噂の域を出ぬ」

冷えきった白湯を、吉宗は喫した。

「美濃守は、重石《おもし》であったと」

要点を川村はすぐに把握した。

「そうよ。また美濃守は幕府からの堤防でもあった。考えてもみよ。甲府にはいままで徳川の一門以外が入ったことはないのだぞ。徳川にとって格別な甲府に、大名になってまだ二代目でしかない柳沢家が配された。綱吉さまが生きておられたときはまだいい。柳沢美濃守は類を見ない寵臣であったからの。しかし、家宣に代替わりしたとき、最初に国替えを命じられねばならぬにもかかわらず、いまだ柳沢はおる」

綱吉と家康だけに、吉宗は敬称をつけた。家康は徳川を天下人にした偉大なる曾祖父であり、綱吉は日陰者であった吉宗を、世に出してくれた恩人だったからであった。

「それがいまだになされておらぬ。まあ、このまま家継が成人できれば、甲府は間部越前守に与えられるだろうが、今は吉里のもの……。話がそれたの」

吉宗が笑った。

「要は、美濃守が生きている間は、柳沢家に手出しができぬということよ」

「……ご明察感服いたしましてございまする」

「世辞は要らぬ」

寵臣の褒め言葉を、吉宗は不要と捨てた。

「そのことを美濃守が一番知っておろう。ならば、己の死が、吉里破滅の引き金にならぬように、いろいろな手を打とうとせぬか」

「まさに」

「となったとき、美濃守にとってもっとも頼りになる者は、紀伊国屋文左衛門であろう。百万両を軽くこえる財力は、金が天下の今、無敵に近い」

苦い顔を吉宗がした。

紀州藩もご多分に漏れず財政は火の車であった。

とくに初代頼宣が駿河から紀州へ移されたときの痛手が大きかった。

二代将軍秀忠からにらまれていた頼宣は、加増なしに枢要の地から、より江戸に遠い和歌山へと追いやられた。参勤交代の日数が倍以上になったのだ。かかる費用は三倍にふくれあがった。

さらに、御三家にふさわしい居城とするために和歌山城を建てなおしたことも、拍車をかけた。五千貫を秀忠からもらったとはいえ、とても足りるものではなかった。

綱吉の娘鶴姫を嫁に迎えたことも悪かった。将軍の娘を嫁にする大名は、あらたに館《やかた》を建てるのが決まりである。紀州家は上屋敷に豪勢なご守殿《しゅでん》を建てざるをえなかった。

まだ鶴姫が生きていればよかった。かわいい一人娘の婿なのだ。紀州家は綱吉の機嫌次第で、駿河への復帰、あるいは大坂で百万石となったかもしれなかった。しかし、鶴姫は綱教との間に子をなすことなく、変死した。

紀州の不幸はまだ続いた。二代藩主光貞、三代藩主綱教、四代藩主頼職が一年の間に次々死んだのだ。二度の相続、三度の葬儀は、和歌山藩の財政に止めを刺した。

吉宗が和歌山藩を継いだとき、参勤交代の費用はおろか、将軍家に渡す藩主相続のお礼さえ整えられないありさまであった。

「この世で金ほど憎いものはない」

そのときのことを吉宗は思いだしていた。

「そして、この世で金ほど強いものはない」

吉宗は言いきった。

「忠義でさえ金で買える」

「殿……」

さすがに川村が気色《けしき》ばんだ。

「おまえたち玉込め役は別じゃ。生きがいであろう」

「……」

なだめられて、川村が引いた。

「しかし、他の者どもはどうじゃ。先祖から与えられている禄を続けてくれているから、余に仕えておる。いや、あやつらは余ではなく紀州藩に忠節を尽くしている。その証拠に、兄たちの死後、皆何一つ変わることなく、余を迎えたではないか」

「我らは違いまする」

「何度も言わすな。わかっておる。玉込め役の忠義は余に向けられたもの。儂は、なにがあってもそなたたちを信じる。儂は、側室と添い寝していても熟睡はできぬ。いつ儂の命を狙う者が来ぬともかぎらぬからな。しかし、こうやって玉込め役が側におれば、安心して横になれる」

畳のうえに吉宗が寝ころんだ。

「起きれば、江戸へ出る」

「お届けはいかがいたしましょう」

大きなあくびをした吉宗に、川村が訊いた。

「ふん。届け出る必要はない。儂は、今も和歌山にいるのだからな」

「はっ」

川村が平伏した。

「そうそう。あの小間物屋はついてきておるか」

「片づけまするか」

「いや。誰に報告に行くか見たい。余が江戸に向かえば、かならず動いてくれよう。その先を見きわめるほうが、おもしろかろう。仁右衛門、供せい」

ひそかに出府する吉宗の供は数人になる。襲ってくれといわぬばかりの状態でありながら、吉宗はさらに己を餌にして、永渕啓輔の背後を探ると述べた。これは玉込め役へ命を預けたと宣したにひとしかった。

「承知つかまつりました」

すでに寝息をたてている吉宗に、川村は深く頭をさげた。

太田彦左衛門の言ったとおり、翌日、大奥から勘定吟味役受け入れの使者が来た。

「明後日、巳《み》の刻（午前十時ごろ）御広敷座敷次の間にて。ただし、御用繁多につき、一刻（約二時間）をかぎりとされたし」

「承った」

御殿坊主をつうじての申し出に、聡四郎は首肯した。

御広敷座敷は大奥の役職者が表役人と対面する場所である。御広敷と大奥を区切るご錠口《じょうぐち》を入ってすぐ右にあった。御広敷座敷上《かみ》の間ではなく、下《しも》の間を指定してきたのは、布衣《ほい》格でさえない勘定吟味役ならば、控えの間で十分であろうとの、大奥せめてもの矜持であった。

「いよいよでございますな」

太田彦左衛門も興奮していた。

三代家光のころ成立した大奥は、代々表の手出しを拒んできた。女中たちの間で盗難やもめごとがおこっても、いや、人殺しがあっても、表には報せることなくひそかに大奥は内々で処理してきた。

「吉原以上の闇に光をあてることになりまする。まさに鬼が出るか蛇《じゃ》が出るか。お覚悟をなされますように」

「うむ。勘定吟味役についた日から、肚はくくっておる」

聡四郎は力強く返答した。

「けっこうでございまする」

しっかりと太田彦左衛門も首肯した。

「では、当日迷うことのないよう、下見をいたしましょう」

「さようでございまするな」

同意して聡四郎も立ちあがった。

将軍以外の男は、表から大奥へ直接行くことはできない。かならず御広敷を経由しなければならなかった。

御広敷は表役人の詰める場所であったが、江戸城の表には属していなかった。御広敷は大奥の御殿向《むき》と長局《ながつぼね》向《むき》に挟まれるようにして存在していた。

表役人が御広敷に向かうには、一度門を出て江戸城の御殿外を進んで、御広敷御門から入らねばならなかった。

聡四郎と太田彦左衛門は、内座を出た。

「待て、水城」

二人を見つけた新井白石が下部屋のなかから呼んだ。

紅を襲わせたことなど、新井白石にとって過ぎたことであった。伊賀者の襲撃が表沙汰にならないと、新井白石は知っていた。政の闇にとって、そんなものは些末《さまつ》でしかなかった。いや、新井白石は、もう一度聡四郎に、己の手元へ戻ってくる機会を与えるつもりであった。

「御用中なれば、ごめん」

聡四郎は足も止めなかった。寸刻も無駄にできない聡四郎は、新井白石の恨みつらみを聞いている暇はなかった。

「な、なに……」

露骨な反抗の態度に、新井白石が絶句した。

「……ぶ、無礼な。家宣さまより師と呼ばれた、この儂をないがしろにするとは、思いあがるにもほどがある」

怒りに顔を真っ赤にした新井白石が下部屋を飛びだした。しかし、二人の姿は角の向こうへと消えていた。

「おのれええ」

新井白石はすぐに内座へと走りこんだ。

「水城はどこへ行った」

怒鳴るように新井白石が訊いた。

「筑後守どの。なんども申しあげたが、ここは勘定衆の詰め所でござる。かかわりのないお方の軽々しき入室は、お控え願いたい」

入り口近くにいた勘定衆が、辟易《へきえき》した顔で告げた。

「黙れ。若年寄格として幕政すべてにかかわるべしと家宣さまより命じられたのだ。城中のどこといえども、立ち入るになんの障りがあろう」

新井白石が言い返した。

「む……」

勘定衆が口ごもった。

新井白石の幕政顧問ともいうべき立場は六代将軍家宣から与えられたが、正式なものではなかった。明文化のしようがなかったのだ。しかし、家宣の口から直接出たこともあって、正徳の治《ち》は新井白石の主導でおこなわれた。だが家宣は将軍就任わずか三年で死に、新井白石は幕府に居場所を失った。ここに矛盾が生じた。

新井白石に与えた幕政参与の資格を、家宣は取り消していない。さらに家宣の息子である現将軍家継もなにも言っていないのだ。もっとも、もとが非公式なものゆえ、家宣の庇護がない今、表だって新井白石は動けなかったが、強弁すれば、新井白石は、未だに執政衆の一人だといえるのである。

勘定衆が否定できなかったのは、ここにあった。強く拒否すれば、家宣の言葉に反すると難癖をつけられかねない。役人にとって、毛先ほどの傷でも、出世の妨げになるのである。勘定衆は遠国《おんごく》奉行やお小納戸、まれには勘定奉行へと立身していける旗本垂涎《すいぜん》の役目である。誰もが、無事勤めあげることを願っていた。

「わかれば、さっさと申せ」

きびしい声で新井白石が催促した。

「…………」

同僚と顔を見あわせた勘定衆が、目で合図した。

「御広敷へ下見でござる。明後日、大奥御広敷座敷にて、お中臈崎島《さきしま》どのと対話いたすはずでござる」

勘定衆が答えた。

「大奥へか……そうか」

言い捨てると、礼も言わず、新井白石は内座を出た。

「やれ、水城はやはり疫病神よな。紀州家の一門になるとはいえ、あの儒学坊主との縁が切れぬかぎり、身の置きどころはあるまい」

「うむ。できればさっさと別の役目へ変わってくれればよいのだが」

何人かの勘定衆が嘆息した。

「………」

ざわつく内座から、勘定吟味役正岡竹乃丞《まさおかたけのじょう》が無言で出ていった。正岡竹乃丞は、紀伊国屋文左衛門に金で飼われていた。そのまま納戸御門を出た正岡竹乃丞は、日本橋にある紀伊国屋へと足を運んだ。

「番頭」

「これは正岡さま」

番頭の多助も心得ていた。表から見えない陰へと正岡竹乃丞を誘った。

「明後日、大奥御広敷座敷」

「へい」

用件だけの会話はすぐに終わった。

ふたたび江戸城へ戻る正岡竹乃丞を見送ることもなく、多助は店を出た。

紀伊国屋の外には、常時駕籠屋が待機していた。

「品川まで頼むよ」

紀伊国屋では、奉公人といえども駕籠を許していた。

「歩いて無駄なときをかけるよりは、疲れず早く用件をすませたほうが、儲けに繋がるからね。無駄金は論外だが、必要なものまで惜しんでは、運気が逃げるよ」

金の遣いどころを知っているという点では、紀伊国屋文左衛門は一流であった。

「急いでおくれ」

酒手《さかて》をはずむと言われた駕籠屋が足に馬力をかけた。

日本橋から品川までのおよそ二里（約八キロメートル）を駕籠屋は半刻（約一時間）ほどで走った。

「そこの茶店で待っていておくれ。食いものも酒も頼んでいいよ。飲みすぎないようにはしてておくれ」


「ごちそうさんでやんす」

礼を述べる駕籠屋をあとに、多助は品川の浜へとおりた。

「紀伊国屋の船まで頼めるかい」

浜で網の繕いをしている漁師に、多助が声をかけた。

「乗んな」

漁師が浜にあげていた小舟を海へと戻した。

紀伊国屋の持ち船熊野丸は、千石積みの巨船であった。品川の沖合に停泊している多くの船のなかでもっとも際だっていた。

「旦那は」

漁師の小舟から熊野丸に乗り移った多助の声に、反応したのは紀伊国屋文左衛門であった。

「おや、なにかあったのかい」

「じつは……」

多助が語った。

「明後日の巳の刻かい……」

聞いた紀伊国屋文左衛門が沈黙した。

「巳の刻といえば、黒鍬衆がお風呂の水を大奥へ持ってくるころだねえ」

御台所《みだいどころ》の入る湯の水は、大奥の井戸ではなく、江戸城のはずれ春持屋《おつきや》に湧く名水を使用することになっていた。毎朝、黒鍬者がくみあげ、七つ口まで運ぶのだ。

家継に御台所はいないが、家宣の正室天英院のために、毎日の行事は続いていた。

「ちょうどいいな。七さまは、明日大奥へ戻るという。ちょうどそのころ、大奥から中奥へ向かうことになるだろうから……」

紀伊国屋文左衛門がつぶやいた。

「もう一度黒鍬者をお遣いになりますか」

小声で多助が訊いた。

先日、柳沢吉保から家継暗殺を頼まれた紀伊国屋文左衛門は、黒鍬者を遣って御広敷伊賀者と対峙させ、その隙に配下の忍を大奥へ入れることに成功していた。

「いや、その必要はないよ」

紀伊国屋文左衛門が首を振った。

「伊賀者はどうせ、黒鍬が来たら気を張ってくれるだろうからね。ほっといても伊賀者の注意がそれてくれる」

「なるほど」

多助が納得した。

「俺に繋ぎをね。たしか、お茶菓子の注文があったろう。それを利用してね」

「ただちに」

七つ口に出ている万屋も紀伊国屋文左衛門の支配下にあった。

「店をたたむよ。柳沢さまへの義理は果たしたからね」

不意に紀伊国屋文左衛門が告げた。

「へい」

驚くことなく多助が首肯した。

「柳沢さまも亡くなった。金は死ぬまで遊んでも遣いきれないほどある。それにわたしももうすぐ五十になるからねえ。これが最後の機会だろうよ」

「お供はお許し願えましょうか」

「二度とこの国の地を踏めないけど、いいのかい」

「思いを残す妻も子もおりませんで」

「じゃあ、ついておいで」

多助の願いを紀伊国屋文左衛門が受けいれた。

「店の若い者たちには、ちゃんと手当をね。番頭と手代《てだい》には店を出せるほどの金を。丁稚《でっち》たちには、当分喰えるだけのものをやっておくれ」

「お任せを」

「あと、女房のところに一箱、千両届けておいておくれな」

紀伊国屋文左衛門が、浅草のほうへ目をやった。

「金に不足はさせなかったけど、夫婦《めおと》らしいことは何一つしてやれなかったからねえ」

寂しそうに紀伊国屋文左衛門が言った。

「承知しやした」

頭をさげた多助が、紀伊国屋文左衛門へ目を向けた。

「柳沢さまにはいかがいたしましょう」

明日のことを報せるべきかどうかと多助は尋ねていた。

「そうだね。お報せしておいてあげなきゃいけないね。明後日、七代さまが亡くなれば、次を巡っての争いが表に浮いてくるだろうからねえ。御三家衆になるか、それとも柳沢吉里さまになるかは、知ったことではないけど。八代さまが決まるころには、わたしたちは、もうこの島国を出てる。そうしないと、八代さまがどなたになろうとも紀伊国屋の金を狙ってくるだろうからね。政をにぎった人の考えは、どれも同じさね」

紀伊国屋文左衛門が笑った。

「では、手配をいたして参りまする」

多助が待っている漁師に合図した。

「七さまが死んだら、すぐに出るよ。遅れないようにな」

「はい」

ていねいに多助が低頭した。

紀伊国屋文左衛門と別れた多助は、ふたたび駕籠を急がせた。

「柳沢さまのお屋敷へ頼むよ」

「がってん」

駕籠屋が、走りだした。

柳沢家の上屋敷は、神田橋御門内にあった。さすがに江戸城廓内に町人が駕籠で乗りつけることはできない。

「ここでいいよ」

多助は、神田橋御門の手前で駕籠を降りた。

「ご苦労だったね」

駕籠屋に二分金を握らせた。

「こ、こんなに……おい、二分もいただいたぞ。お礼をいいな」

先棒が後棒をつついた。

二分は一両の半分、銭になおせば二千文になる。人足の日当が一日で二百文であることを考えれば、とてつもない金額だった。

「なに。いつも頼んでいるからね」

「お待ちしやしょうか」

店まで送ろうかという駕籠かきに、多助は首を振った。

「いや品川往復はこたえたからね。帰りはのんびり歩きますよ」

多助は神田橋御門を潜った。

五代将軍綱吉のお成りをなんども迎えた柳沢家の上屋敷は、神田橋御門のなかでも大きかった。

「ご免くださいませ。紀伊国屋の番頭でございまする」

多助は潜り門をそっと叩いた。

「紀伊国屋の番頭か。誰に用じゃ」

顔なじみの門番がすぐに潜りを開けた。

「一衛さまは、おられましょうか」

名前を聞いた門番が怪訝な顔をした。

紀伊国屋が面会を求めるのは、江戸家老か勘定奉行と決まっていた。

「御駕籠脇の一衛どのか」

一衛は柳沢甲斐守吉里の寵臣であったが、身分はかろうじて目見えのできる御駕籠脇士でしかなかった。

「はい」

「殿がおわすゆえ、お側におられるとは思うが……玄関脇の供待ちで待っておれ」

門番は、多助を通すと、奥へと入っていった。

かつて柳沢家が隆盛を誇っていたころの名残は、供待ちにも残っていた。

本来供待ちとは、来客の家来が主を待つための場所である。一度に何人も来客が重なることなどまずないので、そう大きなものではなかった。六畳ほどの部屋で、冬に備えて中央に切られた炉とそれを囲むよう壁際へ設置された縁台だけが普通であった。

柳沢家の供待ちはその三倍はあった。それだけ柳沢吉保が大老格《たいろう》であったころは、頼みごとをする客であふれていたのだ。

「いつまで、ここにおられましょうかねえ」

五代将軍綱吉の死とともに幕閣からも藩政からも吉保が身を退いたおかげで、柳沢家にお咎めはなかった。

いや、咎める間がなかった。

綱吉悪政の後始末をするのが手一杯で、家宣は柳沢家へ処罰を与えるまもなく死に、跡を継いだ家継はまだ幼い。いずれ家継が成人するか、八代将軍が決まったとき、柳沢家は栄華のつけをはらわされることになる。

「いつまでとは、どういうことぞ」

多助のつぶやきを咎める者がいた。

「これは……いえ、こちらのことでございまする」

あわてて多助が否定した。

「まあよい。拙者が一衛である。紀伊国屋の番頭が何用じゃ」

現れたのは一衛であった。

「これは、失礼をいたしました。主文左衛門より、一衛さまにお伝えせよと言いつかって参りました」

多助が頭をさげた。

「紀伊国屋から、拙者にか。面識などないはずだが」

一衛は、紀伊国屋文左衛門の顔を知っていた。しかし、知られているはずはなかった。

「ご大老さまより、お噂を」

短く番頭が述べた。

「……そうか」

一衛が綱吉からつけられた吉里の護衛であることを、柳沢吉保は知っていて当然であった。

「で、用件は」

無駄話はもういいと、一衛が問うた。

「へい。では、主の言葉を伝えさせていただきまする」

多助が声をひそめた。

「明後日、巳の刻、勘定吟味役が大奥へ出向きまする」

「それがどうした」

一衛は意味がわからぬと言った。

「明日、上様はお床上げののち大奥へ入られ、明後日巳の刻中奥へとお戻りになりましょう」

「………」

話を聞き終えた一衛の目が光った。すさまじい殺気が多助にぶつけられた。

「……おたわむれを」

腰が抜けそうになるのを我慢して、多助が一衛を見あげた。

「わたくしが帰りませねば、紀伊国屋は柳沢さまの敵にまわりまする」

多助が脅し返した。

一瞬で殺気は霧散した。

「ご苦労であった」

おだやかな表情になった一衛が言った。

「では、ごめんくださいませ」

ていねいに一礼して多助は上屋敷を出た。

「やれやれ、生きた心地がしませんでしたよ。しかし、旦那さまはどこまで見抜いておいでなんでしょうかねえ」

神田橋御門を出たところで振り返った多助の目を圧するように、江戸城がそびえていた。

「世が違えば、あそこの主は、旦那さまであったろうねえ」

多助は大きく嘆息した。

二

紀伊国屋の番頭多助を見送った一衛は、急ぎ吉里のもとへ伺候した。

「なにがあった」

めずらしく急いでいる一衛に、吉里は読んでいた書物から顔をあげた。

役に就いていない譜代大名の日常は、式日《しきじつ》登城でないかぎり屋敷からほとんど出ることはなかった。吉里は藩政の報告を受けたあと、半刻ほど剣の稽古をし、あとは書見の一日を過ごすのが通常であった。

「紀伊国屋文左衛門より、報せが参りました。ご免を」

そう言って一衛は、吉里近くに膝で寄った。

「明後日、巳の刻、大奥にて家継さまのお命縮めまいらせるとのこと」

「なにっ」

思わず吉里が声をあげた。

「殿……」

一衛がたしなめた。

「すまぬ」

詫びた吉里が、訊いた。

「これも父の仕業か」

「おそらく、美濃守さまの策でございましょう。でなければ紀伊国屋文左衛門がかかわってくるとは思えませぬ」

「やはりの」

浮いた腰を落ちつけて吉里が言った。

「余が将軍となったあかつきには、紀伊国屋の口を封じねばならぬな。あまりに知りすぎじゃ。あやつは」

吉里の浮かべた冷徹な表情は、施政者のそれであった。

「がよろしいかと」

一衛も同意した。

「……行ってくれるか」

「お任せくださいませ」

吉里の頼みを、一衛は引きうけた。

「家継暗殺となれば、伊賀組も混乱いたしておりましょう。伊賀組がいなければ、大奥など無人の荒野を行くがごとくで。棚の上のものを取るよりたやすうございまする」

自信ありげに一衛が首肯した。

「頼もしいかぎりよな」

満足そうに吉里がうなずいた。

「綱吉さまが余を我が子と認め、したためてくださった証拠のお墨付きがあれば、幕閣どもも、余を八代にせざるをえまい」

「はい」

吉里の言葉に、一衛が頭をさげた。

「行け、正統を守るために」

「はっ」

一衛が平伏した。


翌朝、床上げをする家継を残して、間部越前守はひさしぶりに下城した。

「お戻りなさいませ」

出迎えた家老の顔色がすぐれないことに、間部越前守は気づいた。

「なにかあったのか」

「勘定奉行、末木主水《まつきもんど》が腹を切りましてございまする」

家老が報告した。

「なぜじゃ。末木は我が藩の苦境を一人で救ったのだぞ。切腹するようなことなどないはずじゃ」

いずれは家老にと考えていた有能な家臣の自害は、間部越前守にとって青天の霹靂《へきれき》であった。

「だまされていたのでございまする」

家老がほほをゆがめた。

「話せ」

間部越前守が急《せ》かした。

「ことのおこりは、お玉落としまえの米の暴落でございました。米の売値が下がりすぎ、窮乏していた我が藩の金蔵は干上がりました。そこへ手を出してきたのが、木更津《きさらづ》の回船問屋舟屋でございました」

「聞いたことのない名前だの」

絵島の一件で、権力の座から転がり落ちた間部越前守は、勢力を取りもどすのに手一杯で、藩のことまで気が回っていなかった。

「江戸で回船問屋を開くについて、株仲間を増やしていただきたいと当家を訪れたとのことでございました」

「それがどうした」

権力者であった間部越前守のもとには、いろいろな頼みごとが持ちこまれていた。

「その舟屋から末木は金を引き出しておったのでございまする」

家老が続けた。

「じつは、どうしてもあと一万両たらぬということになり、末木は舟屋に工面を命じたのでございますが、その見返りに国元の廻米《かいまい》をと望まれ、許したので」

「かまわぬではないか。国元の商人が金を貸さぬなら、別の相手を探すのは当然の結果である。要点を申せ」

間部越前守は、焦《じ》れた。

「舟屋などなかったのでございまする」

「どういうことじゃ」

さすがの間部越前守も驚愕した。

「木更津にまで人をやって調べさせましたが、舟屋などという回船問屋はございませなんだ」

「金は……」

「それはたしかに受けとっておりましたが……」

「ならば、問題はなかろう。我が家を偽ったところで、なんの得がある。それも一万両以上の金を遣ってだ。無駄金ではないか」

あきれたように間部越前守が手を振った。

「殿。本当の商人というものは無駄金を遣いませぬ」

首を振りながら家老が口にした。

「藩士の子弟が五名……死にましてございまする」

重い声で家老がすべてを告げた。

「水城聡四郎を襲ったというか」

聞かされた間部越前守が絶句した。

「なんということを……」

いかに家継の傅育を任された寵臣でも、その家臣が理由なく幕府役人に斬りかかったとなれば無事ではすまなかった。

「それも五人もか」

一人ならば乱心で言い逃れられるが、五人ともなるとどうしようもなかった。

「全員死んだか」

しかし、間部越前守はすぐに衝撃から立ちなおった。

「いえ。何名かは生き残りましてございまする」

「殺せ」

「……はっ」

主の言葉に家老がとまどった。

「口を封じねばならぬ。漏らされては我が藩の破滅。なにより、生きた証拠ではないか。さっさと片づけよ」

冷たく間部越前守が命じた。

甲府藩能役者であった間部越前守は、家宣によって引きあげられるまで家臣をもっていなかった。いわば、すべての家臣は譜代ではなく新規召し抱えなのだ。間部越前守には、家臣への慈しみは薄く、家臣は忠義に浅かった。

「藩が潰れればどうする。また浪人暮らしに戻るか」

間部越前守が脅した。

「……ただちに」

震えながら、家老が平伏した。

「どいつもこいつも、余の足ばかり引っ張りおって……」

ふたたび間部越前守が怒気を浮かべた。


大奥中臈崎島との面談当日、約束の刻限より半刻（約一時間）以上早く、聡四郎と太田彦左衛門は御広敷に着いた。

「早すぎましたか」

聡四郎はまず御広敷を差配する御広敷番頭へあいさつをした。

「いや、早め早めが肝腎でござる。大奥の女どもは、やたら決まりごとにうるそうございますゆえな」

御広敷番頭が手を振った。

番頭とつくことでわかるように、御広敷番頭は武方である。あつかいにくい大奥を担当するだけに、御広敷番頭は気働きのできるものが任じられ、数年でお小納戸頭取や大坂奉行など遠国奉行のなかでも上席とされる役職へと栄転していった。

「言わずもがなのことでござるが、大奥は男子禁制でござる。表役人が入れるのは、ご錠口をこえてすぐの御広敷座敷まで。それ以上奥へ一歩でも足を踏みいれることは許されませぬ。たとえどのような事情があろうとも、お咎めは必至でござる」

「承知いたしております る」

聡四郎はうなずいた。

「もう一つ。お腹立ちになられるとは存じまするが、けっして大奥女中に近づかれませぬように。いや、半間(約九〇センチメートル)以上かならず、お離れなされ。手が触れただけでも不義密通となり、女ともども罪となりまする」

「はい」

二つめの注意を聡四郎は聞いた。

「吟味役どのを疑うわけではござらぬが、御広敷を預かる者として、貴殿に伊賀者二人をつけさせていただきますぞ」

「ご随意に」

御広敷番頭の言葉を聡四郎は当然と受けとった。

「入れ」

首を板戸のほうへ曲げて、御広敷番頭が呼んだ。

「ご免くださいませ」

板戸を開け、二人の伊賀者が部屋に入ってきた。

「御広敷伊賀者組頭柘植卯之にございまする。これは配下の諏訪大伍《すわだいご》。本日の同伴をさせていただきまする。よしなにお願い申しあげまする」

顔を床につけたまま、柘植卯之が言った。

「勘定吟味役水城聡四郎でござる。これは勘定吟味改役の太田彦左衛門。お手数をおかけいたす」

聡四郎は、同役に対する口調で柘植卯之に接した。

「おそれいりまする」

柘植卯之がいっそう額を低くした。

「我らは外にて待機いたしておりまする」

伊賀者二人がさがった。

「では、白湯しかござらぬが、刻限までここでおくつろぎなさるがいい」

御広敷番頭の勧めに二人はしたがった。

大奥七つ口の門は、朝五つ（午前八時ごろ）に開き、暮れ七つ（午後四時ごろ）に閉められた。

開かれたばかりの七つ口は、商品を納めに来る万屋の奉公人、所用で出かける大奥女中でごった返す。

御広敷は、江戸城でもっともにぎやかな場所であった。

「思っていた以上に人の出入りがございまするな」

聞こえてくる人の声と物音に、聡四郎は驚いていた。

「男子禁制の大奥は、もっと静かだと思われましたか」

書付を見ながら御広敷番頭が笑った。

「なかなかに、やかましゅうございますぞ」

御広敷番頭が筆を置いた。

「大奥には、およそ三百ほどの女がおりまする」

「はあ」

そのくらいは聡四郎も調べていた。

「三百といえば、およそ四万石の大名に匹敵いたしまする」

太田彦左衛門がささやいた。

「一つの城下ということでござるか」

「さよう。人がいるかぎり、飯も喰えば服も必要でござる。とくに大奥の女どもには、世間ほどの娯楽がござらぬ。芝居も見られず、浅草や両国へ出歩くことも許されませぬ。となれば、喰うか着るしか楽しみはありますまい」

「万屋が儲けると」

「いかにも。市中より高い値段でも、大奥の女たちは、ここで買うしか手段がないのでござる。店が開けば、殺到するのも当然」

御広敷番頭が説明した。

「御台所さまお湯殿御用水でござる」

大声が七つ口に響いた。

「もう、そんな刻限か」

つぶやきながら、御広敷番頭が立ちあがった。

「御用水のお迎えに出ねばなりませぬ。ご免」

「せっかくじゃ、我らも拝見いたそうか」

「はい」

聡四郎と太田彦左衛門も御広敷御門内の片隅に控えた。

「黒鍬頭藤堂二記《とうどうにき》。御用水を運んで参りましてござる。奥女中の衆、お出迎えを」

たかが水とはいえ、天英院の入浴用となれば、話は違う。御広敷の役人一同が並ぶなか、黒鍬者が漆塗りの手桶を捧げもってやって来た。

「承りましてございまする。下男衆《しもおとこ》」

請けたお末《すえ》頭が呼んだ。下男とは、大奥の人足である。長局までの廊下掃除と、御台所の湯水運搬を任とし、特定の場所だけとはいえ、大奥へ出入りすることが許されていた。

「……………」

聡四郎は、その場の雰囲気が凍りつくのを感知した。

「殺気ではない。また、拙者に向けられたものでもない」

「なにか」

独りごちた聡四郎に、太田彦左衛門が訊いた。

「いや、黒鍬者が門を潜るなり、みょうな気配が満ちました」

小声で聡四郎が答えた。

「みょうな……」

理解できないと太田彦左衛門が首をかしげた。

「なんと申しましょうか、殺し合いの気配ではなく、こう探るような」

説明しにくいと聡四郎は言った。

「剣士としての勘でございまするか」

「はい」

聡四郎は気をとぎすました。

「二カ所……。おそらく、黒鍬と伊賀」

誰からかはわからなかったが、気配が七つ口の内外から発せられていると、聡四郎は感じとっていた。

忍は己を抑えるのが習い性であった。殺気はおろか、存在さえも消してみせなければ、一流の忍とはいえなかった。

その忍が肌でわかるほどの気を漏らす。あからさまな牽制であった。

「……」

柘植卯之は、藤堂二記の動きをじっと観察していた。先日大奥を襲ったのは黒鍬者だとわかっている。その目的も大奥へ何者かを忍びこませるためと読み取っていた。あれ以降、黒鍬者が来るたびに目を張りつけているが、いまのところ、なんの異変もなかった。

「黒鍬の出番はすんだのか、それともいざというときに備えて、おとなしくしておるのか」

鉱山衆など忍の敵ではないと侮っていた黒鍬者に、みごと一杯食わされた柘植卯之は、いっそうの注意を払わざるをえなかった。

藤堂二記も伊賀者から目を離していなかった。伊賀者を敵に回したのだ。どのような対応がいつ来てもおかしくない。

紀伊国屋文左衛門に依頼された件を果たした翌日、報酬である千両は耳をそろえて藤堂二記のもとへ届けられていた。千両はとてつもない金額であった。しかし、黒鍬の悲願である士分への昇格は、吉里が将軍にならないかぎり達せられることはないのである。表だって姓を名のることさえ許されぬ黒鍬者にとって、旗本となれるかどうかの瀬戸際である。どうしても抑えきれない気持ちの高揚が、身を焼いていた。

黒鍬者が御広敷に在するのは、半刻（約一時間）ほどであった。抱えてきた水入りの手桶を下男へ渡したあと、浴室へ運ばれ空となった手桶を受けとるまで七つ口で待つのだ。

「どちらも手出しをしかねているか」

ようやく聡四郎は気配の正体を読んだ。

「勘定吟味役どの、そろそろ行かれよ」

御広敷番頭が近づいてきた。

「はい」

聡四郎は太田彦左衛門をうながして、御広敷玄関をあがった。

「水城さま、今日は軽いお灸を据えるだけ。そこをお忘れあるな」

太田彦左衛門が周囲に聞こえぬよう、小声で念を押した。

御広敷と大奥を繋ぐご錠口は、玄関をあがってすぐにあった。ご錠口は、二人の御広敷番頭が守っていた。

「勘定吟味役水城聡四郎」

「同改役太田彦左衛門」

二人は名のった。

「そこで膝を突いてお控えくだされ」

御広敷番が述べた。

すでに柘植卯之と配下の伊賀者は、待機していた。

「いつのまに……」

聡四郎は驚いた。柘植卯之は聡四郎が玄関にあがったとき、まちがいなく七つ口に残っていた。

「お座りを」

ふたたび御広敷番が、うながした。

二人が座るのを確認して、御広敷番がご錠口を開けた。

ご錠口は檜《ひのき》の五寸（約一五センチメートル）板を合わせた丈夫なものであった。重く、男一人では開けるのも難しかった。

ご錠口を開いた御広敷番が、奥へ向かって声をかけた。

「奥女中の衆。勘定吟味役水城聡四郎、中臈崎島どのとの面談にまかりこし申しそうろう」

「御広敷番の衆。承ってそうろう」

大奥側から返事があった。

「水城どの、ご錠口廊下の中央までお進みなされよ。そこで膝を突いて大奥から声がかけられるまでお待ちあれ」

御広敷番が教えた。

「かたじけない」

大奥相手の慣例など見たことも聞いたこともない聡四郎は、御広敷番士の言うとおりにするしかなかった。

廊下に二人が入るなり、背後のご錠口が閉じられた。

「水城さま。あまりいい気はいたしませんな」

太田彦左衛門が、ささやいた。

「ご錠口閉めましてございまする」

板戸の向こうから、御広敷番が告げた。

「承ってそうろう」

ゆっくりとうかがうように、大奥側のご錠口が開いた。

「勘定吟味役、勘定吟味改役、伊賀組組頭、伊賀組同心。相違ないか」

大奥ご錠口番が確認した。

「相違ござらぬ」

答えたのは柘植卯之であった。

「ご錠口をこえて右、襖が開いておるゆえ、そこに入られよ」

「承ってござる」

これも柘植卯之が返答した。

「ついてこられよ」

柘植卯之が先導した。

ご錠口を出たところが御広敷座敷であった。

「ここでお控えなされ。まもなく中臈崎島どのが来られまする」

男との同席は許されていないのか、ご錠口番の奥女中は、言うべきを伝えた後、聡四郎たちと目をあわすこともなく、出ていった。

「これが大奥か」

美しい襖絵に聡四郎は見とれた。

「表より豪華でございまするな」

太田彦左衛門も感心した。

「私語はお慎みなされ」

背後に控えていた柘植卯之が、注意した。

「失礼をした」

太田彦左衛門と顔を見あわせて、聡四郎は苦笑した。

四つ（午前十時ごろ）の鐘が鳴るのを待っていたかのように、大奥中臈崎島が御広敷座敷上の間の襖を開けて現れた。

小さな衣擦《きぬず》れをたてながら、崎島はわざわざ上の間をつっきって下の間へとやって来た。

「将軍家ご生母月光院さま付き中臈、崎島でござる」

下の間の上《かみ》に腰をおろした崎島が名のった。

「勘定吟味役水城聡四郎でござる」

聡四郎も応えた。

「さっそくでございまするが、ご用件を」

前置き抜きで来いと崎島が言った。

「では、お役目でござるゆえ、言葉遣いなどはご勘弁願おう」

背筋を伸ばして、聡四郎は崎島を見た。

太田彦左衛門が、すばやく懐から紙と矢立《やたて》を取り出し、筆記の用意をした。

「お伺いいたす。先日罪を得て高遠《たかとお》へ流された絵島どのについてでござるが。月光院さま代参と称して芝居見物へまかりこしていたよし、目付衆のお調べによって明白。これについて、崎島どのはご存じであったか」

「……存じておりました」

苦い顔をしながらも崎島は首肯した。

「ほう……」

書き留めながら、太田彦左衛門も感嘆した。こうもあっさりと認めるとは思えなかったのだ。

「では、崎島どの、あなたは代参の途中にこのような任にはずれたことをなさったことはござるか」

聡四郎は続けて問うた。

「なんどかございまする」

小声ながら崎島が答えた。

「おありか。ならば、それは崎島どのが思いつかれたものか。あるいは、絵島から教わったものか。それとも……」

あえて最後を聡四郎は言わなかった。そこに月光院の名前が入ることなど、言わずともわかる。しかし、口にすれば、大奥の逃げ道を塞《ふさ》ぐことになり、その反発はすさまじいものとなりかねない。あえて、隠すことで聡四郎は崎島に、助け船を出した。

「……代々大奥女中の代参に寄り道は許されておると絵島どのから……」

大奥で中臈を務めるほどの崎島である。聡四郎の意図をしっかり受けとった。

「代々の慣例であったと」

「……」

崎島が首肯した。

「代参は公《おおやけ》の任。これにかんしては勘定吟味役から申しあげることはござらぬが。芝居行きや遊興は私《わたくし》のこと……」

落としどころを考えろと太田彦左衛門から助言を受けていた聡四郎は、崎島への追及を月光院からはずした。

三

ひさしぶりに母の胸で一夜を明かした七代将軍家継は、翌朝、中奥へ行くのを嫌がった。

「上様、ご辛抱なされませ。あなたさまは、この国すべてを統べられる尊きお方。上様なくして世は動くことができませぬ」

月光院が説得した。

いつもなら家継のわがままのとおりにする月光院であったが、権威を失いつつある今、天英院方につけいられる隙をつくることは避けねばならなかった。

「余が行かねば、母は困るのか」

「はい。わたくしも越前守も困り果てまする」

言い聞かせるように月光院がうなずいた。

「越前も困るのか……わかった。だが、今宵も母のもとへ帰ってよいか」

家継が、月光院の顔をうかがうように見た。

「もちろんでございまする。夕餉には上様のお好きなものを用意しておきまするゆえ」

月光院がほほえんだ。

「では、参る」

けなげに家継が決心した。

「上様、お手を」

先に立った月光院が、家継の手をひいた。

中臈たちが供についた。

局を出たところで、警固の奥女中が二人加わった。さらに見えない天井裏から二人の御広敷伊賀者がしたがった。

将軍は中奥で政務を執る前に、大奥の仏間で先祖の位牌を拝むのが日課であった。

月光院の局から仏間へは、ちょっとした距離であった。仏間は大奥のほぼ中央にあり、御広敷ご錠口からほぼまっすぐのところであった。

歴代の将軍、御台所の位牌を納めた仏壇は、じつに四畳ほどの大きさがあった。毎日、朝将軍家の参拝のおりに開扉し、暮れ六つ（午後六時ごろ）を待って閉められた。

仏間を担当するのは、将軍の手がつかないお清《きよ》の中臈と決まっていた。中臈は、口を白い布で覆って息をかけぬよう気づかいしながら、蠟燭や線香の火の管理のため、一日仏間に詰めていた。

「上様、お成りでございまする」

先触れのお使者番が仏間の中臈に報せた。

「……………」

仏間の中臈が、襖脇に平伏して控えた。

「……来るか」

お使者番の声をもう一人が聞いていた。紀伊国屋文左衛門配下の忍、庵は、万屋から紀伊国屋文左衛門の伝言を受けとり、昨夜から仏壇のなかに潜んでいた。

庵は、黒装束に身を隠し、手には一本の棒手裏剣を持っていた。

黒鍬者が来ている間、伊賀者の目がそちらに向けられ、大奥が一瞬手薄になることも、ここ数日のあいだに庵は見抜いていた。

静かに襖が開き、数名が仏間に入った気配を庵はしっかりと感じとっていた。

仏壇の正面中央に家継が座り、その右後ろに月光院が腰をおろした。お付きの中臈や警固の女中は、畳一つ下がった後ろで控えた。

仏壇と家継の距離は一間（約一・八メートル）もなかった。

「……………」

家継は落ちつきなく、身体を動かした。

「上様」

月光院がたしなめた。

将軍とはいえ、まだ六歳の幼児である。死というものと接する仏間は怖くて当然であった。月光院もそのことは承知していた。

「……うん」

寂しそうに家継はうつむいた。

「お仏壇の扉を開けよ」

月光院が命じた。

仏間担当の中臈が、仏壇の扉に手を添えた。

庵が手裏剣を投げる準備へと移った。

将軍家の仏壇は、飾り付けなどで埋めつくされている。いかに巨大とはいえ、人を忍ばせるだけの隙間が精一杯で、さすがに自在には動けなかった。庵は小さく手を曲げた。

ゆっくりと仏壇の扉が開かれた。拡がり始めた隙間から庵は、家継の姿を確認した。

「……ふっ」

庵が手裏剣を投げた。

「母よ」

家継は、なかからなにか出てきそうな気がして仏壇の扉が開く瞬間を嫌っていた。

背を倒すように家継が、身体を月光院へかたむけた。

「ぎゃああ」

手裏剣は家継の上を飛んで、後ろに控えていた中臈に突き刺さった。

「なにごと」

月光院が手を伸ばして家継を懐に抱えこんだ。

「ちっ」

舌打ちをした俺は、体当たりで仏壇の扉を開けた。幼い家継は月光院の身体に包みこまれている。

分厚い打ち掛けや小袖を重ねがけしている月光院の身体を貫く威力を、狭い仏壇のなかからでは、手裏剣に与えられなかった。

漆塗りで重い仏壇の扉が、俺にとって災いした。また、大奥へ紛れるため刃渡りのある忍刀をあきらめ懐刀だけにしたことも悪条件となった。いつもの疾さがでなかった。

「……………」

かばう月光院ごしに懐刀を家継に突きたてようと無言で跳びかかった俺を天井板を破って落ちてきた伊賀者が防いだ。

「なにやつ」

懐刀を忍刀で支えた伊賀者が問うた。俺は無言で伊賀者を蹴りとばした。

「く、曲者じゃああ」

一瞬、わけがわからなくなっていた警固の女中が、白刃のきらめきで我に返った。

御広敷座敷にいた柘植卯之が跳ぶように立ちあがり、襖を蹴破って走った。もう一人の伊賀者も続いた。

「な、なにじゃ」

崎島が呆然とした。

「う、上様を早く」

ふたたび警固の女中が叫んだ。

「上様の御身《おんみ》に異変か」

聡四郎も立ちあがった。

「太田どのは、ここで」

「はい」

一緒に行ったところで、役にたたないのはわかっていると、太田彦左衛門はうなずいた。城中の常である。聡四郎は脇差しか差していなかった。

「……はっ」

俺が一人働きの忍として生きのびてこられたのは、思いきりのよさにあった。家継を殺すことが難しくなったと考えた俺は、次の機会を待つべく、脱出にかかった。

「しゃ」

ふたたび忍刀を振るって襲いくる伊賀者のくるぶし目がけて俺は跳びこんだ。畳に身体を打ちつけながら、庵は懐刀を振るった。

膝より低い位置にいる敵に、刃渡りの短い忍刀は届かなかった。

「くう」

臑を割られて伊賀者がうめいた。

伊賀者が落とした忍刀を庵が拾いあげたとき、もう一人の伊賀者が斬りつけてきた。

庵の近くには腰を抜かした月光院に抱かれた家継がいた。弾かれればどこへ跳ぶかわからない手裏剣は使えなかった。

「しゃ」

鋭い気合いで伊賀者が忍刀をぶつけてきた。

「……はあ」

小さく息を漏らして、庵が払った。

甲高い音をして火花が散った。弾かれた勢いを利用して後ろに跳んだ庵に、伊賀者は遅れなかった。

将軍に万一があれば伊賀組の存在など消し飛んでしまう。御広敷伊賀者は必死であった。

「しつこい」

庵が忍刀を振るった。逃げるための牽制であった。しかし、伊賀者は避けようとせず、身体でこれを受けた。

「……」

食いこむ刃の痛みに耐えながら、伊賀者が忍刀で突いた。自らを犠牲とした必殺の一撃であった。

「……ちい」

武器に未練を残さず、柄から手を離して庵が、逃げた。

最後の力を振り絞って、伊賀者は月光院の前に立ちふさがった。

「これが狙いか」

伊賀者は、我が身を捨てて、庵と家継の間に割りこんだのであった。

「……」

瀕死の伊賀者から背を向けて仏間の襖に手をかけた庵が、身体を沈めた。

襖を貫いて脇差がはえた。忍御用でないとき、伊賀者も脇差を腰に帯びるのが慣例であった。

転がって庵が襖から離れた。

「きゃああああ」

呆然としていた中臈が近づいてきた庵に悲鳴をあげた。

「うるさい」

庵が中臈を押しのけた。

襖が両方から引き開けられた。

「……きさまあ」

憤怒をあらわに柘植卯之が現れた。

大奥警固を任としている御広敷伊賀者の大失態であった。家継が襲われたとあっては、傷の有無は関係なく、伊賀者の責任が問われることになる。

最悪伊賀者は全員切腹、組は解体となりかねなかった。

「殺すな」

配下の伊賀者に柘植卯之が命じた。

「生きたまま捕まえ、伊賀問い責めにかけ、背後をあきらかにせねばならぬ」

そうするしか、伊賀者の生きのびる道はなかった。

「承知」

配下の伊賀者がうなずいた。

柘植卯之と配下の伊賀者が仏間に跳びこんだ。

懐に手を入れた庵が、手裏剣を取りだして投げた。

柘植卯之はこれをかわし、配下の伊賀者は脇差ではじきとばした。

「上様……」

聡四郎が仏間に着いた。

「手を出すな、勘定吟味役。これは伊賀組の任ぞ」

振り返ることなく柘植卯之が告げた。

「馬鹿を言うな。上様のお命を守るに、勘定吟味役も伊賀者もあるか。ともに上様に仕える者ではないか」

聡四郎は脇差を鞘ごと抜いた。

殿中で鯉口三寸（約九センチメートル）切れば、その身は切腹お家断絶が決まりである。また、血迷った女中たちが付近にいるところで白刃を振るうことは、怪我人を作りだしかねないと聡四郎は抜刀をあきらめた。

「………」

柘植卯之は返答しなかった。

二人の様子をうかがっている庵に向けて、ようやく我を取りもどした警固の大奥女中が薙刀《なぎなた》で斬りかかった。

「……ふっ」

小さく笑った俺は、身体を回して薙刀を避け、女中の懐に入りこんだ。

「えっ……」

当て落とされて女中が沈んだ。

「ちっ」

配下の伊賀者が舌打ちした。俺の手に薙刀が移っていた。

飛び道具である手裏剣が使えない状況で、間合いの遠い薙刀を奪われたのは痛かった。

脇差と薙刀では勝負にならなかった。

「……」

薙刀を俺が構える前にと、足で畳を蹴った伊賀者は、脇差の間合いに入ることなく、石突きで喉を突かれて落ちた。

声を出すこともできず、伊賀者が悶絶した。

「どけ、死にたいか」

震えながら薙刀を構える警固の女中を俺がおどした。

「ひえええ」

薙刀を持ったまま、女中が逃げた。

「馬鹿が……」

柘植卯之が女中を罵《ののし》った。警固役に選ばれた以上、命をかけて家継を守るのが仕事である。逃げて生きのびたところで許されることなく、死をたまわるのだ。

「……はあ」

間合い外にいる柘植卯之ではなく、庵は家継目がけて薙刀を振るった。手裏剣では貫けない月光院の身体も、薙刀ならばやすやすと両断できた。

さきほど命を賭けて立ちふさがった伊賀者は、すでに絶息して畳のうえに転がっていた。

「させるか」

庵の動きから目を離さなかった聡四郎が割って入った。

大きく踏みこんで、薙刀の間合いに身をさらした。

「……ぐうう」

踏みこんだ聡四郎の右肩に、薙刀の柄が食いこんだ。聡四郎は骨が折れる音を聞いた。

「じゃまを……」

庵が聡四郎をにらんだ。

薙刀も槍と同じで、刃のないところは棒である。ぶつかったところで斬られることはなかった。

聡四郎の身体で薙刀は止められていた。

「しゃ」

動きの止まった一瞬を柘植卯之は見逃さなかった。庵へ向かって踏みこみざまに、脇差を振るった。

「……」

庵があっさりと薙刀を捨てた。後ろに跳んで下がりながら、手裏剣を撃った。

「ちっ」

柘植卯之はかわせなかった。後ろには月光院と家継がいた。聡四郎が立ちはだかっているとはいえ、将軍に向けて飛ぶ手裏剣を見逃すことはできなかった。

脇差で手裏剣を払うために、柘植卯之が止まった。どこへでも弾いていいわけではない、少なくとも前に落とさなければならなかった。

刹那、柘植卯之の意識が庵から手裏剣へとそれた。

「……」

庵がさっと跳びあがって、伊賀者が開けていた天井の穴へと身を投じた。

「逃がすか」

柘植卯之が天井裏へ続いたが、手裏剣に対した分、遅れた。

二人の姿が見えなくなるのを確認して、聡四郎は脇差を後ろ手に回し、家継に向かって平伏した。

「……上様」

「……ひっ、ひっ」

家継は白目を剝いて震えていた。無理もなかった。綿ぐるみで育てられた幼子が、いきなり白刃の恐怖にさらされたのである。

「月光院さま」

聡四郎は、月光院に目を向けた。

「そ、そなたは……」

母は強い。胸のなかで震える子供を守らねばと、月光院は混乱することなく気丈に問いかけた。

「勘定吟味役水城聡四郎と申しまする」

「……勘定吟味役……そなたが」

思いあたるふしがあったのだろう、月光院の表情が硬くなった。

「ご無礼ながら、上様は」

月光院の好悪などどうでもいいと聡四郎は家継の調子を尋ねた。

抱かれている家継は、身体を痙攣《けいれん》させていた。

「そ、そうじゃ。上様、上様」

必死に月光院が呼びかけるが、家継のようすは変わらなかった。

「このように幼い子の命を奪ってまで、将軍の地位が欲しいのか」

右肩の痛みを感じながら、聡四郎は暗澹《あんたん》たる思いに囚《とら》われていた。

騒ぎを知った伊賀者が、黒鍬者の押さえを残して走った。いかに忍といえどもいっせいに動けば気配を消すことは難しい。

中奥の屋根に潜んでいた一衛は、すぐに気づいた。

「警固がいなくなった。始まったな」

ためらいは時を浪費し、機会を失う。一衛は躊躇なく大奥への侵入を開始した。一衛の目標は中奥に近い伏見《ふしみ》の間《ま》、通称開かずの間であった。

伏見の間が開かずの間とされたのは、ここで綱吉が急死したからであった。

宝永六年（一七〇九）一月十日に死去した綱吉の死因は麻疹《はしか》によるものとされていた。

宝永五年、江戸に麻疹の大流行が起こり、諸大名たちも多くが罹患《りかん》、会津藩松平家嫡男久千代が死去するなど猛威を振るった。子供のいない綱吉の後継者として西の丸にいた家宣も宝永五年十二月初めに発病、十数日の病臥《びょうが》をやむなくされるなど、綱吉の周囲にも麻疹は近づいていた。麻疹を怖れた綱吉は、奥医師さえも遠ざけ、伏見の間に一人籠もり、自ら薬を調剤して服用していた。

しかし、年の瀬も押し迫った十二月二十七日、綱吉の身に異変が起こった。発熱、悪寒《おかん》、頭痛に襲われたのである。

「何人かは知れず、近づきて吾を害そうとしておる」

ただ一人伏見の間へ出入りできた正室鷹司《たかつかさ》信子《のぶこ》は、震える夫を見て、昼夜番の女中を部屋の外に配置したほど、綱吉の状況は異常であった。

綱吉は幕府行事への出席を取りやめ、伏見の間で療養に努めたが、十日ついにこの世を去った。享年六十四歳であった。

これだけならまだ伏見の間は使われていたかも知れなかった。続いて、二月、正室鷹司信子も、綱吉のあとを追うように麻疹で死去した。

「上様が招かれたのじゃ」

続く不幸に大奥は震えあがった。

こうして伏見の間は不吉とされ、開かずの間とされた。

なにがあっても開かれることのない襖を、一衛はためらうことなく引いた。

ほこり臭く、灯りもない伏見の間を一衛は一周した。

「北はこちらか」

懐から出した火縄の灯りで襖絵を確認した一衛は、欄間の下を探った。

「これか」

小さな切りこみが指先に触った。

一衛は小柄の先で切りこみをこじた。音もなく欄間がはずれた。

「あった」

なかから小さな筒が出てきた。蠟で封緘《ふうかん》されている筒を懐に入れると、一衛は独りごちた。

「かならず吉里さまを江戸城へとお帰しいたしまする」

平伏した一衛は、音もなく伏見の間から消えた。


屋根裏へ逃げた庵は、迷うことなく七つ口を目指した。紀伊国屋文左衛門から与えられた大奥の普請図を庵は完全に記憶していた。

行く手に鉄枠が現れた。大奥にはあちこちに忍対策が施されていた。

「ふん」

庵が蹴るだけで鉄枠がはずれた。庵は、大奥へ入りこんでから隙を見て、鉄枠を埋めた漆喰《しっくい》を削り、胡粉《ごふん》でごまかすという細工をしていた。

「……」

背後に感じた気配に、庵は振り返らず、手にしていた手裏剣を投げた。

「……っ」

狭い天井裏では、忍刀を振るうのも難しい。柘植卯之は、梁《はり》の陰に身を隠して手裏剣をやり過ごした。

当たったかどうかなど、庵は気にもしていなかった。柘植卯之との距離を稼ぐのが目的であった。

七つ口の手前で、庵は黒装束の紐をほどいた。忍の衣装は紐一本で脱ぐことができるようになっていた。

天井板を踏み破りながら、庵は黒装束をはずした。下にはお犬のお仕着せを着こんでいた。

落ちてきた人影に、黄色い悲鳴がいくつもあがった。

「きゃ、きゃあああ」

「ひいい」

庵が落ちたのは、七つ口に隣接したお犬の間であった。庵は数十人いるお犬にまぎれこもうとした。

逃げまどうお犬に向かって庵は目つぶしを投げた。

目つぶしは卵の殻のなかに細かい砂や唐辛子の粉などを詰めてある。割れた卵からもうもうと煙があがり、目つぶしをあびたお犬たちが激しく咳《せ》きこんで涙を流した。

俺もわざと目つぶしを吸った。

柘植卯之が降りてきたのは、その直後であった。

「……」

目つぶしと気づいた柘植卯之は、瞼を閉じ、袖を鼻に当てて、煙がおさまるのを待った。

女たちの阿鼻叫喚《あびきようかん》は、長く続いた。

「目が、目がああ」

「ひくう、息が」

柘植卯之は、憐れみの情もなく、怒鳴りつけた。

「動くな」

「ひい。男……」

「男が入りこんでおりますぞ」

いっそう混乱は増した。

「御広敷伊賀組頭柘植卯之である。お役目をもって命じる。曲者がここに逃げこんだ。誰か見ておらぬか」

役目と言われて、少しお犬たちが落ちついた。

「先ほど、天井からなにかが落ちて参りました」

「そうじゃ。そいつがなにか投げたとたんに、咳が出て、涙が止まらなく……」

「どこへ行ったかは、見ることができませなんだ」

咳きこみながらお犬が告げた。

「やはり、ここへ入ったか」

柘植卯之が小さく笑った。

「入ったと見せかけて他へ行かれたとなれば、逃がしただろうが……よほど、己の放下《ほうげ》に自信があると見える」

放下とは忍の術で、変装のことである。熟練した忍は年齢から性別まで偽って見せる。

「だが、それが命取りよ」

お犬たちを見つめながら、柘植卯之が懐から手裏剣を取りだした。

「ここにいる者すべてを殺せばすむ。ここまでこけにされたのだ。逃がすことだけは避けなければならぬ」

もう背後を探るどころの話ではなくなっていた。もちろん、捕まえて問い詰めるのが最良だが、逃がすことは許されなかった。

「えっ……」

お犬たちは、意味がわからず怪訝な顔をした。

「かわいそうだが、因果とあきらめよ」

躊躇なく柘植卯之が手裏剣を投げた。

「ぎゃあああ」

たちまち悲鳴があがった。

柘植卯之は左右両手を使って、間を空けることなく手裏剣を投げた。手裏剣はお犬の足を狙っていた。

「ちっ」

なかほどでうずくまっていたお犬が、動いた。最後まで放下を続けていては、足に手裏剣を受けなければならなくなる。怪我をして動きが鈍くなったところで、人数を出して身体あらためをされては、隠れおおすことは不可能であった。

俺は、賭《かけ》に出た。生きて江戸城を出られなければ、紀伊国屋文左衛門から報酬として受けとった千両の意味がない。俺は、廊下へ向かって走った。

「馬鹿め」

柘植卯之は見逃さなかった。

両手の手裏剣が間を空けて放たれた。

「……くう」

一本はかわしたが、跳んでから投げられた手裏剣はどうしようもなかった。深々と手裏剣が俺の背中を貫いた。

「観念せい」

俺へ向かって柘植卯之が襲いかかった。

「ぐうっ……」

つかまれば死より酷い目にあう。俺が歯に忍ばせてあった毒薬を嚙み破った。口から血を吐いて俺が死んだ。

「毒を飲んだか」

柘植卯之が断末魔の俺を畳に叩きつけた。

第五章　命の決着

一

大奥で家継が襲われた一件は、幕閣を騒然とさせた。

「刺客を殺したのはよくなかったな」

老中久世《くぜ》大和守が首を振った。

「さよう。背景がわからぬのは痛い」

土屋《つちや》相模守も嘆息した。

「刺客を放った者の探索は続けるとして、なによりも急ぎの案件は、ことの始末である」

手にした扇子で膝を叩いて、井伊掃部頭が言った。

「刺客の侵入を許した。これでは御広敷伊賀組の意味がない。責任を取って伊賀組組頭は斬首《ざんしゅ》、組は解体。伊賀組同心どもは放逐。まずはこれからじゃ」

井伊掃部頭が述べた。

「うむ。問題は勘定吟味役だな」

同意を示した土屋相模守が、久世大和守を見た。

「またぞろ、水城か」

久世大和守もあきれた。

「どうする。男子禁制の大奥へ踏みこんだ罪は、お家断絶、その身は切腹だが……」

「上様の危難に駆けつけ、その身を挺《てい》してお守り申しあげた功績は大きい」

土屋相模守も首を振った。

「処罰してから、一族を跡にたてさせ、加増するというのもおかしな話よな」

聡四郎に切腹を命じ、そのあと水城家を昇格させるなど、どう考えてもつじつまが合わなかった。

「水城を加増して寄合席にしてから、家格を落とし小普請に入れるのも整合せぬ」

御用部屋は重い沈黙に落ちた。

「いけませぬ。越前守さま」

「どけ」

御用部屋坊主の制止を振り切って、間部越前守が入ってきた。

「越前、ここは老中の御用部屋じゃ。無断での立ち入りは許されぬ」

気づいた井伊掃部頭が怒った。

「出ていかれよ。今なら咎めずにおいてくれる」

続けて土屋相模守も言った。

「………」

間部越前守は、気にせず御用部屋の中央に座った。

「越前」

久世大和守が怒鳴りつけた。

「なにをなさっておる」

いっそう大きな声で間部越前守が言った。

「な、なにをだと」

「決まっておろう。今朝方あった上様襲撃の一件についてじゃ」

土屋相模守と井伊掃部頭が告げた。

「おかしなことを言われるな」

間部越前守が三人の老中を見た。

「どういう意味じゃ」

落ちついている間部越前守に、久世大和守は不審げな顔をした。

間部越前守にとって家継は、なによりたいせつな存在である。その家継の命が狙われたのだ。取り乱して、犯人捜しを声高に叫んであたりまえなのだ。

「なにもなかった」

静かに間部越前守が述べた。

「な、なにっ」

「……なんと」

「そんな……」

三人の老中は、すぐに間部越前守の意図を悟った。

「なにもなかった。上様は久しぶりに大奥へ戻られたことで、はしゃがれ、つい朝、中奥へ来られるのが遅れた。そうではござらぬか」

淡々と間部越前守が言った。

「……」

老中たちも顔を見あわせた。

「大奥で上様が襲われたなど表沙汰にできることではない」

しばらくして、井伊掃部頭が小さな声を出した。

「そうよな。大奥にまで敵の侵入を許したとなれば、罰する者の数は百ではすまぬ」

久世大和守も首肯した。

江戸城の最奥、大奥へ刺客が入ったことを認めるならば、処罰は御広敷伊賀者だけではすまなかった。御広敷番頭は当然、その上役にあたる若年寄、御広敷を管轄する留守居《るすい》役、諸門を警衛する大番《おおばん》組も咎めなければならなかった。

「我らも役目を退き、謹慎いたさねばなるまい」

幕政を預かる老中も無事ではおられなかった。

「それはまずい。老中をおりるに否やはないが、幼き上様にかわって政を担っておる我らが、その責務を放棄するは、国中に混乱をまねく」

あわてて井伊掃部頭が述べた。

「たしかに……」

「でござるな」

二人の老中もうなずいた。

「となれば、なかったことにいたすしかないの」

土屋相模守が口にした。

「なにもなかったのでござる」

念を押すように言って、間部越前守は老中御用部屋を出た。

「己らの地位に恋々としおって」

間部越前守が吐きすてた。

「それにしても、どちらが上様を……」

落ちついているように見えて、間部越前守の心は憤怒であふれていた。

「紀州か、柳沢か」

間部越前守のほほがゆがんだ。

「どちらでもよい。上様の御世《みよ》を狙う者は、ともに潰してくれる」

呪うような声で間部越前守が宣した。


聡四郎は大奥を出た御広敷で目付の取り調べを受けていた。

「お役目にて大奥御広敷座敷にまで参っていた」

「さようでござる」

一件の経過を聡四郎は語った。

目付は旗本の非違を監察するのが任である。千石高で旗本のなかの旗本といわれるほど、俊英の人材でなければ務まらなかった。実の父親を指弾、切腹に追いこむことがあるほど厳格な役目であった。

「なぜ、禁足の大奥へ入った」

きびしい声で目付が問うた。

「上様が危ないとの声が聞こえたからでござる」

右肩を押さえながら聡四郎が答えた。

「入れば咎めがあることは知っておろう」

「存じておりましたが、旗本として上様の危難を聞いて見逃すことはできませぬ」

「ならばなぜ脇差を抜かなかった。抜いておれば、あそこで曲者を倒せたやも知れぬ。かなり剣を遣うと聞いたが」

目付が追及してきた。

「恐怖で大奥女中衆が、とまどっておられたゆえでござる」

「あやまって斬ってしまうことを危惧したか」

聡四郎の答えを、目付が確認した。

「いかにも」

「あいわかった。あらためて評定所より呼びだしがあろう。それまで自宅にて謹慎いたしておるように」

「承知いたした」

目付の命にさからうことはできなかった。聡四郎は首肯した。

「……水城どの」

立ちあがった目付が、声をかけた。

「まだなにか」

「いや、お見事な対処であった。老中がたにお伝え申そう。よく上様を守られた」

感情を顔に出さない目付が、感動していた。

「かたじけない」

ていねいに聡四郎は礼を述べた。

「養生なされよ」

傷を気づかって、目付が去った。

「水城さま」

同じ座敷の隅に控えていた太田彦左衛門が駆けよってきた。

「すぐに、すぐに医師を」

太田彦左衛門が走った。

急に対応すべく、江戸城内には表医師が待機していた。表医師の部屋は大奥に属する御広敷からは遠い。

「けっこうきついな」

一人になった聡四郎は顔をしかめた。肩はむごく腫《は》れあがり熱を持っていた。師入江無手斎との稽古で何度となく痛撃を受けたことはあったが、折れた経験はなかった。

「結局、あやつはどうなったのだ」

うめきをかみ殺しながら、つぶやいた聡四郎の前に柘植卯之が姿を見せた。

「倒した」

「伊賀組頭どのか」

振り向いた聡四郎に、すさまじい殺気がぶつけられた。

「なにっ」

聡四郎は身構えた。だが、一瞬で殺気は消えた。

「恨みは恨み。だが、恩は恩」

けわしい表情で柘植卯之が言った。

「おぬしたちか」

なんどとなく襲い来た忍の正体を、聡四郎は知った。

「よくぞ、上様をかばってくれた。おかげで伊賀は、生き延びた。礼を言う」

柘植卯之が頭をさげた。すでに柘植卯之は御用部屋での話し合いを知っていた。

「万一、上様、あるいは月光院さまに傷でもつけば、伊賀は根絶やしにされたであろう」

御広敷伊賀者こそ最後の盾であった。

「伊賀は恨みを忘れぬが、忘恩の徒ではない。水城。今後伊賀組が、きさまを襲うことはせぬ」

「勝手な言いぶんだな」

聡四郎は怒った。聡四郎が伊賀者を倒したのは、いわば降りかかる火の粉を払っただけである。

命のやりとりをつごうで始めたり終わったりされてはたまったものではなかった。

「身内の者を殺されて、理がとおるか」

淡々と柘植卯之が述べた。

「敵討《かたきう》ちには情しかからむまい。たとえこちらに否があろうとも、父を息子を夫を殺された者は納得せぬ」

「……………」

「戦国の世、いつ死ぬかわからぬ任に向かわされた忍のよりどころだったのだ。どこで誰に殺されようとも、かならず仲間が仇《かたき》をとってくれる。それだけを頼りに、忍たちは諸方へ飛び、散っていった」

柘植卯之が語った。

「戦がなくなり、伊賀者も幕府に飼われる同心となった。かつてのように、金で敵味方の間を行ったり来たりすることも絶えた。しかし、しきたりだけは伊賀者の血となって受けつがれてきた。これを失えば、伊賀者は忍ではなくなる。命をかけた任を果たせなくなる」

「そちらの事情ではないか」

聡四郎はあきれていた。

「そうじゃ。これは伊賀にしかつうじぬとわかっている。しかし、さほども申したように理でどうにかなるものではないのだ」

小さく柘植卯之が首を振った。

「忍はこころを殺して任に就く。だけに、仲間うちの情には厚いのだ」

「……そういうものか」

他人の思いを理解することはできない。聡四郎は議論することを止めた。

「うむ。こちらから仕掛けたことでも、仲間を殺されれば仇を討つのが伊賀の掟。それからおまえを解放してやる」

「恩着せがましいことを」

「伊賀の恨みから逃れた者はおらぬ。かの織田《おだ》信長を見よ。伊賀の国を襲い、忍を根絶やしにしようとした。その報いが本能寺じゃ」

柘植卯之は、本能寺の変が、伊賀者の仕業だと語った。

「それほど伊賀の恨みはしつこい。年中隙をうかがわれては、いかに剣の達人といえどももつまい。厠でも風呂でも、寝床でも伊賀者の襲撃に備えなければならぬ。女を抱いていても油断できぬのだ。そんな毎日を何年も続けられるはずはなかろう」

「……たしかに」

言われて聡四郎は納得した。

「そろそろ表医師が来るであろう」

話し終えたと柘植卯之が背を向けた。

「今日の一件はなかったこととなる。せっかくの功績が無になるの」

柘植卯之が去っていった。

「臭いものに蓋か」

聡四郎はつぶやいた。

いかに箝口令《かんこうれい》をしいたところで、家継が襲われたことを隠しとおすことはできなかった。

「ほう。命 冥 加《いのちみょうが》な」

報せを吉宗は箱根で聞いた。

「まことに残念でございまする」

川村仁右衛門が悔しがった。

「いや、よかったのよ」

吉宗が首を振った。

「これで死なれていれば、余は出遅れたことになる。その場にいなければ、将軍後継として名のりをあげることができぬであろう。下手すれば、七代将軍の訃報を和歌山で聞き、八代将軍の就任を駿河で耳にすることになったやも知れぬ」

立ち会えなければ、なにも言えないのだ。

吉宗は、家継が死ななかったことにほっとしていた。

「家継には、余が在府しておるときに死んでもらわねばならぬ」

「浅慮でございました」

低頭して川村が詫びた。

「おうかがいいたしてもよろしゅうございましょうか」

「なんじゃ」

「こたびのことは、柳沢美濃守の……」

「おそらくな。あやつも寿命が見えて焦ったのであろう」

川村の問いに吉宗がうなずいた。

「では、甲州忍の仕業」

甲州忍は武田信玄《たけだしんげん》が用いた乱破《らっぱ》を祖に持つ、小さいながらも名の知れた忍者であった。

「綱吉さまは、甲州忍を吉里につけた」

天下を取った徳川家康が、各地の忍を配下とし、それを子供たちに分け与えた故事にならい、代々の将軍も分家させる子供に忍をつけた。

「しかし、今回は違うであろう。甲州忍が柳沢家に仕えていることは、周知のこと。大奥で家継を襲ったのが甲州忍とわかれば、柳沢家は無事ではすまぬ。吉里大事の美濃守が、そんな愚かなまねをすることはあるまい」

吉宗は否定した。

「では、どこの。まさか、尾張御土井下《おどいした》組」

紀州徳川家とことあるごとに対立する尾張徳川家には、家康から木曾忍者がつけられていた。尾張名古屋城御土井下に組屋敷を与えられたことから、御土井下組と称していた。

「御土井下は、役にたつまい。あやつらは藩主万一の備えだからの」

川村の懸念を、吉宗は否定した。

御土井下組は、名古屋落城の折、藩主を脱出させ、木曾まで逃がすのが役目であった。名古屋城の抜け穴にあたる埋《うず》み門《もん》の警固を任とし、隠密としての活動はしていなかった。

「水戸に忍は、与えられておりませぬし」

川村が首をひねった。

御三家でありながら水戸だけが一段低いあつかいを受けた。所領も三十万石と、半分しかなく、また官位も尾張、紀州が権大納言《ごんのだいなごん》まであがれるに比して、二段下の権中納言までと低い。さらに独自の忍組も家康から与えられていなかった。

「水戸は、旗本惣頭《そうがしら》だからな。大名でさえない」

あっさりと吉宗が述べた。

「水戸の藩士たちはすべて旗本の分家。いわば、旗本同然。すなわち、三十万石の領地は、水戸に与力としてつけられた旗本たちの知行合計」

水戸家は御三家で唯一定府の家柄である。旗本ならば、参勤交代がないのも当然であった。

「では、いずこの」

薩摩や島津などの名前を出すほど、川村は愚かではなかった。すでに外様《とざま》大名に、天下を狙うだけの度量も器量もなかった。

「紀伊国屋であろう」

吉宗は読んでいた。

「商人が忍をでございまするか」

川村が目を剝いた。

「はぐれなど、今の世に……」

忍の技は戦国のころに完成していた。剣でも同じであるが、一流を創ることは難しいが、維持することはさらに困難であった。才能のある子供自体少ないうえに、修行に耐え一流となる者はほとんどいない。流派として百年をこえる歴史を続けるには、そうとうな人数がいなければ無理であった。

「逃げた者を見逃すこともございませぬ」

玉込め役を始め、伊賀、甲賀など名の知れた忍者は、組から抜けようとした忍を放ってはおかない。戦国は去り、忍の需要は大名と幕府だけになった。組をはずれた忍に仕事はまずなかった。糧《かて》を得られない忍が落ちていく先は盗賊しかない。盗賊となって、捕まりでもすれば、流の名前が出ることにもなりかねない。

「紀伊国屋文左衛門ほどの金があれば、どうにでもなろう。あやつの持っている金を石高に換えてみよ。おそらく十万石の大名を凌駕《りようが》するであろう。忍の一人や二人、抱えるに困るはずはない」

金の持つ威力を、吉宗は理解していた。

「紀伊国屋が抱えた忍は、おそらくはぐれ修験。その名のとおり紀伊国屋は紀州の出、熊野修験とつきあいがあってもおかしくはない」

修験者とは役行者《えんのぎようじや》に端を発する密教修行の徒である。峻険な山に入り、命を賭けて悟りを求めた。谷を跳び、木に登り、滝にうたれる毎日は、修験者の身体を鍛え、常人とは思えない能力を発揮させた。

「おそれいりまする」

言われて川村は頭をさげた。

「美濃守に頼まれて、紀伊国屋が動いた。それがいいところであろう」

「いかがいたしまするか。いかにじゃまな家継とはいえ、大奥まで手を伸ばした紀伊国屋文左衛門をそのまま捨ておくわけには参りますまい。殿が江戸城へお入りになられたあと、おなじことをくりかえすやも知れませぬ」

紀伊国屋文左衛門を討つべきだと、川村が意見を述べた。

「おまえたちがいるのにか」

吉宗が笑った。

「金で飼われた者と、忠義を持つ者では、心構えが違おう。紀伊国屋文左衛門風情《ふぜい》を相手にする必要もあるまい。なにより、余が将軍となったあかつきには、紀伊国屋文左衛門ら豪商から、金を取りあげるつもりだからの。今潰れては困る」

「ご遠謀おそれいりましてございまする」

低頭した川村が問うた。

「江戸へはこのまま向かわれましょうか」

「うむ。いろいろと見ておきたい顔もある。なにより、娘の婚礼に出ぬわけにはいくまい」

吉宗一行は江戸へと旅を続けた。

二

肩の骨を折った聡四郎には、とくに御用部屋から休養が許された。

「お役目中の怪我であるゆえ、十分に養生なし、完治するまで登城するにおよばず」

真相は表沙汰にできなかったが、聡四郎の怪我は役目上のものとされた。

「大奥で転んだと聞いたが、まさか……」

右腕をさげた聡四郎に、父功之進《こうのしん》がせまった。

「まさかと思うが、大奥へ手出しをしたのではなかろうな」

功之進が震えていた。

代々の文方筋として長く勘定方に勤めた功之進は、大奥の恐ろしさをよく知っていた。

「大奥を敵に回して生き残れると思うか」

「勘定吟味役としての役目でござる」

聡四郎は、胸を張った。

「役人として無事に勤めあげるに、敵を作らぬことこそ肝腎じゃ。なかでも御用部屋と大奥だけはなにがあってもかかわってはならぬ。ともに水城家など赤子の手をひねるように潰すだけの力をもっておるのだ。幕政すべての金を監察できる勘定吟味役などと、えらそうな顔をしてみたところで、布衣でさえない軽い身分ぞ。身のほどをわきまえねば、潰されるだけじゃ」

「…………」

「これで水城の家も終わりじゃ」

悄然《しょうぜん》と肩を落として、功之進が去っていった。

「殿のお身体を気遣われるお言葉がありませなんだ」

着替えを手伝いながら、大宮玄馬が嘆いた。

「いたしかたあるまい。旗本は家を残すことが仕事だからな」

聡四郎が首を振った。

「……つう」

小袖を脱ぐとき、肩に力が入った聡四郎は、思わず顔をゆがめた。

「殿」

あわてて大宮玄馬が手を出した。

「だいじない」

手で聡四郎は大宮玄馬を制した。

「しかし、みょうなものよ。師、そなた、そして拙者と一放流を学ぶ者三人がいちように右腕を怪我するとはの」

不思議な一致に聡四郎は、嘆息した。

「さようでございまするな」

大宮玄馬も同意した。

手裏剣に射ぬかれた大宮玄馬が、もっとも症状が軽かった。骨に影響がなく、痛みさえ我慢すれば、動かすことはできた。

「一放流が遣えぬか」

聡四郎は、不意に寒いものを感じた。

己を支えてきた柱が崩れた気がした。

もともと水城家の四男で、勘定筋の家を継げる身分でないことから、聡四郎は剣にのめりこんだ。

武士としての素養、単なる習いごとに落ちた剣であったが、真摯《しんし》に学ぶ者にとって、その修行は厳しく、そして身についた。

頼るものをもたない聡四郎にとって、剣はすべてであった。

剣の修行で得たことが、聡四郎を勘定吟味役にも耐えさせた。人にとってもっとも知られたくない金の裏をさぐるのを任とする勘定吟味役は、まじめに仕事をすればするほど敵を作る。剣にうちこみ、世間をほとんど知らない聡四郎は、手出しをしてはいけないところにまで赴き、なんども刺客に狙われた。

それらすべてを排除し、生き残ってこられたのも剣のおかげであった。

「しばしのご辛抱でございまする。折れた骨はかならずつながりまする。あせられまするな」

大宮玄馬が慰めた。

「師の想いがようやくわかった」

なんとか着替えおわった聡四郎は、腰を下ろした。

鬼伝斎《きでんさい》との戦いで右腕を使えなくなった直後から、入江無手斎が左手だけの修行を始めたわけを、聡四郎は理解した。

「けっきょく、拙者も剣士だったのだな」

役職にある旗本であろうとしてきたが、人生のほとんどを剣に費やしてきた聡四郎は、己の立つ位置が剣だったとあらためて認識した。

「玄馬、そなたは平気か」

怪我した大宮玄馬は、休むことなく聡四郎の家士として仕えていた。

「わたくしは剣士を捨てましたゆえ」

大宮玄馬が言った。

聡四郎と同じく、貧乏御家人の三男だった大宮玄馬は、生きていくために剣を学んでいた。剣で名を上げ、仕官するか道場を構えるか、そうしなければ、生涯実家の厄介者で肩身の狭い一生を送らなければならなかった。

さいわい大宮玄馬には、聡四郎以上に剣の才能があった。

「一放流小太刀創始を許す」

入江無手斎から、一流をたてることを認められたほどの才であったが、戦国から百年こえた正徳の時代では、役に立たなかった。

「殿に拾っていただいた日より、わたくしは、水城家の家士。剣を捨てたわけではございませぬが、一義ではなくなりましてございまする」

さっぱりとした顔で大宮玄馬は述べた。

「おまえは強いな」

聡四郎は感心した。

「いいえ。弱いのでございまする。将来喰えるかどうかわからなかったゆえ、剣にすがって生きるしかなかったのでございまする。今は明日がございまする。やっと手にした明日でござれば、失いたくありませぬ。なればこそ、剣を捨てられましてございまする」

大宮玄馬が語った。

「そうか」

聞いた聡四郎は、己の覚悟のなさをあらためて知らされた。

「拙者は中途半端だったのだ。旗本たろうとしながら、根を剣士から抜けなかった」

「殿……」

「よい機会かも知れぬな。ゆっくりと己の立場を考えなおすのに」

聡四郎は痛む右肩をなでた。


初めて命の危難にさらされた家継は、高熱を発し寝付いてしまった。それだけではなかった。

「ひいっ、許せ。助けて……」

寝たかと思えば、襲われたときのことを夢に見て跳ね起きるのである。まともに食事も睡眠もとれなくなった家継は目に見えて衰弱していった。

「受けられた衝撃が強すぎ……」

家継を診た奥医師が首を振った。

「薬はないのか」

「残念ながら」

間部越前守の問いに奥医師が首を振った。

「おこころを治す薬はございませぬ。今は、お身体の滋養と強壮を目的としたお薬を処方させていただいておりまするが……」

奥医師の声が小さくなった。

「なにをいたしておる。それをどうにかするのが奥医師たる者の任であろう。高禄をいただきながら、打つ手がないとは。上様に万一あれば、そのままには捨て置かぬから覚悟しておけ」

言い捨てて、間部越前守が家継の枕元へと戻った。

「お変わりは」

「ございませぬ」

小姓番士が答えた。

「そうか」

夜具にくるまれた家継の顔は赤く、息は荒かった。

「お薬は」

「………」

うつむいて小姓番が首を振った。

「ううむ」

夜具のなかへ手を入れ、間部越前守は家継の身体に触れた。

「お汗をおかきじゃ。手桶に湯と手ぬぐいをもて」

「はっ」

廊下に控えていたお小納戸が、走った。

上様御用を承る者は、どのようなときでも小走りで動いた。これは、普段からそうしておくことで、万一のときを知られないようにするためであった。

お小納戸はお休息の間向かいにあるお囲炉裏の間に入った。

囲炉裏の間には炉がきられ、たえず火がおこされていた。

すぐにお小納戸が戻ってきた。

一人が、お湯の入った漆塗り耳だらいを、もう一人が鍋島緞通を、最後の一人が絹の布を手にしていた。

鍋島緞通の上に耳だらいを置いたお小納戸は、後ろ向きのまま下がった。

「お身拭《みぬぐ》いを」

小姓番が二人、家継の側についた。

「おそれいりたてまつりまする」

平伏した小姓番が、家継の夜具をはぎ、寝間着をほどいた。

「むうう」

もともと病弱だった家継の身体は、骨が浮き出るほどにやせていた。

「……」

間部越前守が唇をかんだ。

「お着替えも用意をいたしておけ」

家継から目を離して、間部越前守が立ちあがった。

お休息の間から奥医師の控えまではすぐである。

「半井道源はおるか」

「ここに」

病ごとに奥医師は担当が替わった。今は半井ではなかった。

「少しよいか」

「お身体のお具合でもよろしくございませぬか」

半井道源が立ちあがった。

奥医師は将軍とその家族しか診ないのが決まりであった。しかし、とくに将軍から許された寵臣、執政などは、奥医師の診療を受けることができた。

二人は奥医師の控えから入り側《いがわ》に出た。

「きさまが処方した薬は、あとに残らぬのであろうな」

小声で間部越前守が訊いた。

「あれだけならば、薬を終えて三十日もすれば、身体から完全に抜け去るはずでございまする」

半井道源が答えた。

「上様のお身体を拝見したか」

「未だ」

いかに奥医師といえども、将軍の身体に直接触れることはできなかった。

奥医師は、将軍の手首に結びつけた絹糸を、隣の部屋まで伸ばしていって、それを引っ張って脈を診るだけなのだ。

「おやせになられすぎじゃ」

間部越前守が告げた。

「お顔のお色がすぐれられぬとは思っておりましたが」

聞いた半井道源が、首を小さく振った。

「ならば、なぜ対応せぬ」

怒りを間部越前守が半井にぶつけた。

「今少し薬が抜けるまで、中奥でお休みくださいますよう、言上《ごんじょう》したはずでございまする……」

半井道源が言いわけした。

「状況が許さなかったのだ」

いつまでも中奥に家継を留めていることへの反発は、目に見えるほど大きくなっていた。

「大奥などへお行きなされまするから、このようなことに」

「黙れ。それ以上口にするな」

間部越前守が叱りつけた。

「申しわけございませぬ」

あわてて半井道源が詫びた。

「なにか手はないのか」

声音を戻して、間部越前守が尋ねた。

「主治は、他のお方でございますれば、わたくしがお薬をお出しすることはできませぬ。また、お脈をとることも遠慮いたさねばなりませぬ」

半井道源が言った。

「なにを申すか。上様のお身体をお治しするのが奥医師であろう。なんとかいたさぬか」

間部越前守が命じた。

「しかし……慣例を破っては、奥医師を辞めさせられまする」

はっきりと半井道源は首を振った。

「なにか余でもできることはないか」

同腹の奥医師に去られては、間部越前守もつごうが悪かった。

「上様のお側につかれ、できるだけお声をおかけくださいませ。本来はご生母さまにお願いいたすことでございまするが」

「それはできぬ。大奥であのようなことがあったのだ。態勢を整えなおすまで、上様を大奥へ渡らせ参らせることはできぬ。大奥へ番士を行かせることが許されぬかぎり、上様は中奥においで願うしかないのだ」

中奥が安全だとは間部越前守は信じていなかったが、もう目の届かないところに家継を置くことはできなかった。

「このようなことを申し上げてよいのかどうか」

口ごもりながら、半井道源が間部越前守を見上げた。

「なんでもよい。上様のお身体のおためになることなら、なんでも聞かせよ」

間部越前守が、身を乗り出した。

「武家の頭領たる上様にご無礼なことではございますが……上様は、刺客の発する殺気にあてられ、おこころがすくまれたのでございましょう」

「わかりきったことをぬかすな」

「ですが、これが大前提なのでございますれば」

半井道源が述べた。

「上様は、恐ろしさからお逃げになるためにおこころの奥へ、お隠れになられたのでございまする。いわば、おこころを閉じられた状態。周囲すべてを拒まれておられるのでございまする。ですから、小姓衆の問いかけにも、奥医師が煎じたお薬も受け入れられようとなさいませぬ」

「ふうむ」

間部越前守が、感嘆した。これほどはっきりと家継の状態を述べた奥医師はいなかった。

「なればこそ、間部越前守さまなのでございまする。上様にとって、おこころを許されておられるのは、母君月光院さま、そして間部越前守さま」

「うむ」

家継の信頼は吾《われ》にあると間部越前守も自負していた。

「余人には代えられないのでございまする」

半井道源が、間部越前守をもちあげた。

「わかった」

間部越前守がきびすを返した。

二日後、江戸へ着いた紀州藩主徳川吉宗は、抱え屋敷に入った。抱え屋敷とは幕府から与えられる上屋敷と違って、金を払って買うか借りるかしたものである。上屋敷に比べるとすべてにおいてゆるやかであり、融通もきいた。

「どうだ」

書院に座るなり吉宗が問うた。

「ついてきておりまする」

川村が答えたのは、永渕啓輔のことであった。

永渕啓輔は、ずっと吉宗の後を追ってはいたが、襲ってこようとはしなかった。

「目はつけてあるな」

「手抜かりはございませぬ」

吉宗の確認に川村が首肯した。

「どこへ駆けこもうとも、見逃すことはございませぬ」

川村が自信を口にした。

しかし、二日経っても永渕啓輔は動こうとしなかった。

「変わらぬようじゃな」

「はい。誰かとつなぎを取っているようすもございませぬ」

小さく川村が首を振った。

「御上の手の者かと思うたが、違ったようじゃしな」

幕府の命を受けているなら、吉宗を放置しておくことはなかった。

御三家とはいえ、無断出府は重罪である。紀州藩を潰すことはできなくとも、吉宗を当主から外し、一門から適当な男子を後継にすることはできた。

家継に万一があったとき、将軍継嗣となる権限を持つのは、御三家の当主である三人であった。もっとも水戸家は紀州藩の控えでしかないため、尾張、紀伊に人なきとき以外は継嗣たりえない。

実質八代になれる者は、尾張徳川継友《つぐとも》、紀州徳川吉宗の二人であった。

「余を排除したい輩はいくらでもおる。尾張徳川、幕府老中とな」

吉宗が笑った。

「とくに尾張は余がじゃまであろう。御三家筆頭といわれながら、代々紀州の後塵を拝してきた恨みは、深い」

幕府を創った徳川家康は、なぜか九男徳川義直《よしなお》より、十男頼宣を寵愛した。義直をさっさと尾張に追いやったのに比して、頼宣は死ぬまで手もとに置いた。

他にも、あつかいは違った。共に初陣《ういじん》となる大坂の陣で使用する軍旗を、家康は、頼宣には将軍と同数贈ったが、義直には半分しか与えなかった。

母親の違う弟に差をつけられることの恨みを、尾張徳川義直は子孫へ受けつがせた。御三家筆頭の地位が意味のないものならば、将軍になることで紀州を見返してくれる。これが尾張の根となった。

尾張徳川当主は将軍になることを悲願としていた。

これは同時に紀州家の当主だけは将軍にしないことでもあった。

「尾張は動いているのか」

「いえ」

川村が否定した。

「尾張を継いだ継友は、藩主になっただけで満足しきったようでございまする」

継友は、尾張三代藩主綱誠《つななり》の十一男であった。藩主どころか分家を建てることもできない捨て扶持だけの境遇に甘んじていたところ、昨正徳三年（一七一三）、四代藩主であった兄吉通《よしみち》、五代藩主になったばかりの甥五郎太《ごろうた》が死んだことを受けて六代藩主となった。

五郎太が死んだ翌日、お付きの家臣を集めて大宴会をしたほど、底の浅い人物で、金に異常な執着をもっていた。

「将軍になりたがってはおらぬか」

「家臣がついて来ぬようで」

吉宗の問いに、川村は述べた。

ご多分に漏れず、尾張の財政も逼迫《ひっぱく》していた。そこへ紀州同様一年で二度も葬式を出したのだ。尾張の財政は完全に破綻した。そこで、藩主に就任した継友は、まず藩士たちの俸禄、一門への給付を大幅に減らした。

御三家筆頭尾張家の家臣は旗本であるとの矜持を持つ連中が、先祖の功績を削減するようなまねを受けいれられるはずもなかった。わきあがった反発を継友は力で抑えこんだ。藩政改革は端緒についたが、藩主と藩士の間には大きな溝がうまれていた。

「ならば、我が敵となるは……」

「綱吉公が忘れ形見」

「柳沢甲斐守吉里のみか」

吉宗が口にした。

「しかし、あやつが綱吉さまの子と申したところで、誰も認めぬぞ」

男子禁制の大奥で産まれればこそ、血筋の正統は保証される。いかに綱吉の愛妾《あいしょう》であったとはいえ、柳沢吉保に下げ渡されてから産まれた子に綱吉の血筋との確証はなかった。柳沢吉里を認めれば、あとからあとからご落胤《らくいん》が出てきかねなかった。

「証拠があるのではございませぬか」

「綱吉さまのご遺物か」

「はい」

懸念を川村が述べた。

「我が子と認めるとの書付一本でも話はかわりまする」

「書付だけでは、弱くはないか」

偽物を創ることなどたやすいと、吉宗は言った。

「花押がそろっておりますれば、無視はできませぬ」

将軍家の花押が入った書付を偽物とするには、肚が要った。本物と証明されたなら、偽と断じた者たちは罰を受けた。

「八代将軍候補といたすことはできなくとも、格別のお家柄として遇することにはなりましょう」

「越前福井のようにか」

吉宗が眉をひそめた。

越前福井藩松平家は、法外の家とされていた。

藩祖結城秀康《ゆうきひでやす》が、徳川家康の次男であったことが、越前福井藩のあつかいを難しくしていた。

徳川家康には全部で十一人男子がいた。天下人の血筋にふさわしい数奇な運命の流転に皆翻弄された。

嫡男信康《のぶやす》は、織田信長から武田勝頼《かつより》への内通を疑われ、切腹させられた。家康になぜか嫌われた次男秀康は、秀吉への人質に出され、さらに結城家へと養子に出された。

結局家康の跡を継いで二代将軍となったのは、三男秀忠であった。

秀忠にとって秀康ほど扱いにくい相手はなかった。家を出されたとはいえ、兄なのである。しかたなく秀忠は秀康に大禄と御三家に次ぐ家格を与えた。

「格別な家か」

吉宗が思考した。

家康が御三家を創った意図は、万一将軍の血筋が絶えたとき、徳川の子孫が跡を継げるようにとのことであった。

「もし柳沢吉里が綱吉公のお子さまとなったならば、百万石とはいいませぬが、甲府は五十万石ほどに加増されましょう」

「大藩《たいはん》の登場か。だが、それは問題ではない」

表情を引き締めて吉宗が続けた。

「出生が問題なのじゃ。五代将軍の座を決めるおりに、なぜ家宣ではなく綱吉さまになったのか……そう。将軍からの血筋を数えたのだ。綱吉さまが三男とはいえ、家光公のお子であるに比して、家宣は孫であった。この一代の差が決め手になった」

将軍家との血の濃さが決め手になると吉宗は語った。

「……………」

無言で川村は聞いていた。

「……余は、家康さまから数えて四代目。吉里は綱吉さまのお子」

静かに吉宗が述べた。

「神君家康公は、将軍に人なきとき、尾張、紀州から出せと御三家を創られた。しかし、五代将軍決定のおり、御三家は候補にさえならなかった。家光公の子がいたからだ。あのころの執政どもは、神君のご遺言を無視して、血筋にこだわった」

慣例にしたがうなら、八代将軍は吉里しかいなかった。

「それではいかぬ」

吉宗が首を振った。

「吉里を綱吉さまの子と認めさせてはならぬ」

「……………」

「柳沢家を見張れ。動きがあれば報せよ」

「はっ」

川村が平伏した。


永渕啓輔は紀州抱え屋敷を見張っていた。

「なにしに帰ってきた」

紀州からずっと東海道を下ってきた永渕啓輔には、家継襲撃の件は届いていなかった。

「急出府は重罪……まして無届けともなるといかに御三家紀州といえども、無事ではすまぬ。それだけのことがなければならぬ」

吉宗の会話を聞き取りたくとも、抱え屋敷には玉込め役による結界が張られていた。永渕啓輔一人では、とても突破できるものではなかった。

「すでに美濃守さまは亡くなられ、紀伊国屋文左衛門との縁も切れた」

永渕啓輔にとって頼るべきは己だけとなっていた。

「動かぬか」

永渕啓輔は、苦渋していた。

「押し入って、吉宗の首を取ることは、難しい」

吉宗を討つどころか、失敗を見逃してもらうという恥を永渕啓輔は紀州で演じていた。

「美濃守さまのご遺言は果たさねばならぬ」

永渕啓輔が逡巡《しゅんじゅん》しているにはわけがあった。永渕啓輔は二の矢がないことを知っていた。

「拙者に続く者がおらぬ」

柳沢家には永渕啓輔以上に吉保の寵愛を受けた者は幾人もいた。しかし、永渕啓輔ほど綱吉の信頼を得た者はいなかった。

「なればこそ、美濃守さまは、拙者に頭まで下げて頼まれたのだ」

死に行く者から与えられた遺命……果たすにはすべてを捨てる覚悟が要った。

「和歌山では、気をのまれたが、江戸ではそうはいかぬ」

永渕啓輔は、吉宗が器量人《きりょうじん》であることは認めていた。

「吉里さまの前に立ちふさがる者を除けよか」

死の床で、瞳の光に最後の生命《いのち》を残しながら告げた、柳沢吉保の気迫が永渕啓輔を決断させた。

「やるしかないな。このままでは、泉下《せんか》で殿に合わせる顔がない。捨て身となれば、道も開けよう」

永渕啓輔は、準備のため己の屋敷へと帰ることにした。

「何人ついてきてくれるか。少しでも減らしておきたい」

玉込め役の実力を永渕啓輔は認めていた。今まで戦ってきた誰よりも玉込め役は強かった。だけに、ひとたび数が減れば容易に補充はきかないと永渕啓輔は読んでいた。

「想いは同じか」

永渕啓輔は玉込め役の強さが、主への堅固な忠節によると理解していた。それは己と同じものであった。

「酒でも汲《く》めば、話もあうのだろうがな」

背中にいくつもの目を感じながら、永渕啓輔は江戸の町を歩いた。

「そろそろ始めるか」

時の利、地の利は仕掛ける側の随意であった。

辻を曲がったとたん、永渕啓輔は走った。

日が暮れた武家町は人気《ひとけ》がない。永渕啓輔は目についた辻ごとに曲がるをくりかえした。

「…………」

永渕啓輔には玉込め役が三人ついてきていた。

不意に駆けだした永渕啓輔の意図を玉込め役はすぐに悟った。

「まくつもりはないいな」

「足並みが狂うのを待っておる」

「我らを分断して一人ずつ倒すつもりか」

風のように走りながら、玉込め役が顔を見あわせた。

「のってやるか」

先頭を走る玉込め役が言った。

「それもいいが……組頭さまの命は、行き先をつきとめよであったからな」

最後尾の玉込め役が止めた。

「だの。我らは殿の耳目。耳目は刀を持たぬ」

中央にいた玉込め役も同意した。

「ならば、しつこくついていってくれよう」

三人の玉込め役はつかず離れず、永渕啓輔を追った。

「甘かったか……」

永渕啓輔は、息を合わせている玉込め役に、嘆息した。

「ならば」

小半刻（約三十分）あまり走りまわった永渕啓輔は、目についた大名屋敷の塀を乗りこえた。

「ここは……広島の浅野《あさの》か」

大名屋敷は表札をあげていない。しかし、玉込め役はすぐに判断した。

「偽りだな」

「うむ」

永渕啓輔の背後が広島の浅野ではないと、玉込め役は見抜いていた。

「広島の浅野に、殿を除ける理由も力もないでな」

五十万石をこえる大藩とはいえ、外様でしかない。幕政に口出しも手出しもできなかった。

「どうする、三手に分かれるか」

広島の屋敷を駕籠抜けに使おうとする永渕啓輔を見張るには、そうするしかなかった。

「いや、やめておこう。分かれたところを襲われては本末転倒だからな」

三人の玉込め役は、一点だけに集中した。

「逃がしたな」

半刻（約一時間）経っても、永渕啓輔の姿を見つけられなかった。

「もどるぞ。殿の警固を固めねばならぬ」

玉込め役は抱え屋敷へと踵《きびす》を返した。

当初の目的は果たせなかったが、玉込め役をまくことに成功した永渕啓輔は、屋敷へと帰ることができた。

たった一人いた老爺《ろうや》には暇を出してある。誰もいない屋敷で永渕啓輔は孤独に戦いの準備をしていた。

襖を破るとなかから手槍が出てきた。手槍は柄の長さが半間（約九〇センチメートル）ほどの短い槍だが、永渕啓輔が取りだしたのは、さらに柄を切り、全長二尺（約六〇センチメートル）ほどに縮めたものであった。

続いて永渕啓輔は畳をあげた。畳の下には手裏剣が隠されていた。永渕啓輔が使うものは、伊賀組の使う棒手裏剣と違っていた。角が八つある八方手裏剣を永渕啓輔は選んだ。

八方手裏剣は薄い鉄の板を切って、八角形にしたものである。すべての面に刃がついていて、指のかけ方や投げ方で、まっすぐだけではなく丸い軌道を描くこともできた。急所にあたらないかぎり一撃必殺とはならないが、かさばらず棒手裏剣より多くの数を持ち歩けた。

「明日だ」

永渕啓輔は、夜具にくるまりながら、決意をあらたにした。

三

品川の海で紀伊国屋文左衛門は、庵の死を知った。紀伊国屋文左衛門の撒いた金の力は、幕府の極秘さえなんなく手に入れられた。

「そうかい」

二十年をこえる付き合いを、紀伊国屋文左衛門は、一言で終わらせた。

「水城さまには、驚かされるねえ」

ゆっくりと揺れる船に身体を合わせながら、紀伊国屋文左衛門が嘆息した。

「大奥へ男が入る日、いつもと違う状況は、隙をつくる。そう思って庵に利用させたんだが、水城さまは本当に……」

「よろしいので。船を出したほうが……」

番頭の多助が口を出した。

「大丈夫だよ。あの庵がわたしの名前を出すはずないからね。出したところで、どうにもできやしないよ。わたしから金を借りていないお役人はいないからね」

紀伊国屋文左衛門は、首を振った。

「で、柳沢さまのほうはどうなった」

「あらたに金を用意するようにと使者が来られました」

「いくらだい」

多助の言葉に、紀伊国屋文左衛門が問うた。

「十万両で」

「ほう。それは思いきった金額だ」

楽しそうな笑い声を紀伊国屋文左衛門があげた。

「どうやら、柳沢さまは肝腎なものを手に入れられたらしい」

「手に入れられなかったからこその金ではございませぬか」

首をかしげて多助が問うた。

金で人を味方につけようとするのが普通である。多助は柳沢家が金を欲しがった理由は、味方を増やすためのものだと考えていた。

「役職に就きたがる、そこらの大名とは違うんだよ。柳沢さまが狙っておられるのは、将軍の地位。これ以上ないものだよ。徳川の血を引いていない者は、どんなに金を積んでもなれない」

紀伊国屋文左衛門が説明した。

「なれるから金が必要になったんだよ。柳沢吉里さまが、紀州徳川吉宗さまと戦うには、金がいる。なんといっても相手は御三家だよ」

「では、十万両は……」

「借金で首の回らない将軍一門、名のある譜代大名あたりにわたることになるだろう。とくに金に汚い尾張さまには効果があるだろうねえ」

金の動きにかんして、紀伊国屋文左衛門以上に頭の回る者はいなかった。

「ですが、とおりましょうか」

多助は無駄金になるのではないかと危惧した。

「紀州徳川吉宗さまには、人気がないからねえ。あのお方はなんでもご自分でなさろうとする。すべてを将軍が決裁するようじゃ、役人は要らない。老中なんぞ最初に辞めさせられるだろうから」

「となれば、柳沢さまが八代様に。では、金の手配を」

多助が紀伊国屋文左衛門に問うた。日本を捨てるにしても吉宗が実権を握っているより吉里のほうが、なにかと便利なのは確かであった。

「要らないよ」

「えっ」

多助が驚いて止まった。

「世のなか、そう甘くはないからね。なんといっても、まだ五代綱吉さまがやった無理をみんな覚えているから。とてもその息子さんに継がせようとは思わないさ」

「柳沢さまもそれはおわかりでしょう。父上さまの二の舞はなさいますまい」

「ああ。そうだろうね。老中方もわかっているさ。ただね、つごうが悪すぎるのさ。大奥がね」

「大奥がでございまするか」

わからないと多助が首をかしげた。

「なんで柳沢吉里さまは、美濃守さまのお子となったんだい。そこを考えてごらんな」

紀伊国屋文左衛門が述べた。

「……暗殺……復讐でございますか」

多助が気づいた。

「そう思うだろうねえ。本来なら六代将軍を苦もなく継げたはずなのに、家臣の家へ追いやられ、八代まで待たなければならなかった。その原因が大奥にあると知っているんだよ、柳沢吉里さまは。将軍となられたなら、まずなにをされる。そう、大奥の大掃除。下手すれば廃止もありえるねえ」

おもしろそうに紀伊国屋文左衛門が笑った。

「大奥が反発する」

「ああ。そして大奥と強く繋がっている老中たちもね。理由なんぞいくらでもつけたせるさ」

紀伊国屋文左衛門が大きく嘆息した。

「少しあてがはずれたねえ。もう少し柳沢さまは肚がおすわりだと思っていたけどねえ。金に頼る場面じゃないんだよ。正々堂々と行かなきゃね。金をちらつかせると、相手に偽りを隠すためじゃないかと思わせてしまうだろ。なにより引け目があるから、金を遣うことになる。将軍さまの正統をいうなら、金じゃなく、堂々と証拠を前に出すべきなんだよ」

「………」

「おまえもわかるだろ。商売のときでも、ここは金じゃなく気迫で押しきるところだというのがあることは」

「へい」

「柳沢吉里さまにとって、正念場なんだよ。ここだけは金を遣っちゃいけないんだ」

念を押すように、紀伊国屋文左衛門が言った。

「もうご大老柳沢吉保さまへの義理は、すませたからね。これ以上は負け戦だよ」

紀伊国屋文左衛門が、海へ目をやった。

「船出によさそうだ。台風が来る前に琉球を出ておきたいから」

出発を紀伊国屋文左衛門が告げた。

「へい」

多助が首肯した。

「ずいぶんと稼がせて貰いましたが、紀伊国屋は本日をもって店を閉めさせていただきます。ながらくのご愛顧に、深く御礼申しあげまする」

江戸にむかって、紀伊国屋文左衛門が頭をさげた。


永渕啓輔は、用意を整えた翌日、早朝に屋敷を出た。両刀を差し、裃《かみしも》姿で永渕啓輔は紀州家抱え屋敷を訪れた。

「幕府徒目付永渕啓輔でござる。紀州権中納言吉宗どのが無断出府なされているとの訴えがござったゆえ、調べさせていただきたい」

徒目付と永渕啓輔は名のった。

「そのような根も葉もない噂で御三家の屋敷に入れることなどできぬ」

門番が拒否した。元来紀州は初代頼宣のこともあって、幕府へ反発する気風が強い。

「なかを見せたくないというのは、噂を真実だと認めたにひとしい。それでもよろしいか」

永渕啓輔が念を押した。

「無礼な……」

激昂《げっこう》した門番をなかから出てきた藩士が抑えた。

「これは、川村さま」

身分は軽くとも吉宗の気に入りである。門番はていねいに礼をした。

「徒目付どのであったか。江戸小物商いは辞められたのか」

川村は、知っているぞと告げた。

「玉込め役どのか」

永渕啓輔は開きなおっていた。

「殿がお会いになられるそうだ。ついてこい」

そう言って川村が背を向けた。永渕啓輔は、その後ろにつきしたがいながら、背中に隠した手槍の感触を確かめた。

「ここで控えよ。殿が来られる」

庭の泉水近くで、永渕啓輔は待たされた。

「よく来た。ほんものの徒目付らしいな」

吉宗が川村だけを連れて、姿を見せた。

「柳沢の家臣だったそうだの。余を殺しに来たということは、美濃守が死んだか」

「調べられましたか」

言いあてられたが、永渕啓輔は動揺しなかった。

「柳沢甲斐守どのが、五代さまの書付を手に入れられたそうだ」

庭木を愛《め》でながら、吉宗が教えた。

「ならば……」

右手を背後に回し、手槍を永渕啓輔が摑んだ。

「死ね、吉宗」

吉宗との間合いは三間（約五・四メートル）、手槍にとっては必殺の間合いであった。

「慮外者《りよがいもの》」

永渕啓輔の背後にいた川村が動いた。

「……………」

吉宗の胸めがけて振りかぶった手槍が不意に軽くなった。穂先がなくなっていた。

川村が大きく踏みこみ脇差を抜きはなって斬り飛ばしたのであった。

「おのれ」

手槍を捨てて、永渕啓輔は太刀の柄に手を伸ばした。

「殺すな」

吉宗が叫んだ。

「くっ」

永渕啓輔の右手がしびれ、抜きかけた太刀を落とした。

「殿……」

峰で永渕啓輔の右肘《ひじ》を撃った川村が不服そうな顔をした。

「生かしておけば、かならず後顧《こうこ》の憂いとなりまする」

川村が迫った。

「いや。ならぬ」

吉宗が首を振った。

「こやつの任は、八代将軍を吉里にするためにじゃまとなる余を排除することであろう。ならば、終わりよ」

「なにっ」

動かない右手を押さえながら、永渕啓輔は驚愕の声をあげた。

「徒目付ならば、江戸城へ登れるであろう。数日待て。柳沢家から奥右筆あてに願書があがる。それを受けて御用部屋がどうするのか、しっかり見てこい」

母屋へと吉宗が歩きだした。

「美濃守によろしく伝えてくれ。あの者には恩がある。柳沢家のことは心配せずともよい。末代までつぶさぬ」

吉宗は、目的を失った永渕啓輔の末路がわかっていた。死者の仲間入りした柳沢吉保への伝言を頼んで、吉宗は屋敷のなかへ消えていった。

「くっ」

左手で手裏剣をぶつけようとした永渕啓輔だったが、投げられなかった。二度の対峙でも永渕啓輔は、吉宗の持つ気迫に敗退した。

「次その顔を見たならば、殺す」

川村によって、永渕啓輔は抱え屋敷から放りだされた。

病気快癒届けを出して、勤務に復帰した永渕啓輔は、控えで同僚から大奥での顛末《てんまつ》を聞かされていた。徒目付は隠密の役目も果たす。秘められたことも知っていなければならなかった。

「城中がまだ緊迫しておる。あまり御用部屋などへ近づかぬほうがよいぞ」

「そうしよう」

同僚の気づかいに頭をさげて、永渕啓輔は控えを出た。

他人目《ひとめ》がないのを確認して空き部屋から天井裏へとあがり、御用部屋の上に潜んだ永渕啓輔の耳に老中たちの会話が聞こえた。

「まことでござろうか」

阿部豊後守《あべぶんごのかみ》が、口火を切った。

「噂には聞いておりましたが、現実にあったとは……」

小さく首を振りながら、久世大和守が言った。

「ほんものでございましょうか」

老中となったばかりの、松平紀伊守《きいのかみ》が問うた。

「奥右筆どもに鑑定させましたが、花押はまちがいなく五代綱吉さまのものだとか」

ゆっくりと阿部豊後守が肯定した。

「ならば、甲斐守をご一門と認めまするか」

松平紀伊守がついに口にした。

誰も声を出さなかった。

「それはできますまい」

しばらくしてもっとも長く御用部屋にいる久世大和守が話し始めた。久世大和守は、家宣によって老中に任じられ、綱吉の政策を否定した正徳の治の中心となった人物である。綱吉の血筋復活となれば、老中罷免どころか、改易されかねなかった。

「なぜでございまする」

若い松平紀伊守が尋ねた。

「綱吉さまのお子さまとなれば、いまの上様より継承は上となりましょう。さすがに上様にご退位を願うわけにはまいりませぬが、世継ぎとして西の丸にお入りいただいてしかるべしでございましょう」

「神君家康さまのお考えに反されるおつもりか」

「な、なにを」

松平紀伊守が家康の名前を聞いて困惑した。

「他姓を継がれたお方は、将軍になれぬのが決まり」

はっきりと久世大和守が述べた。

「……なにを」

天井裏で永渕啓輔が絶句した。

「そのような決まり、初めて聞きましたぞ」

阿部豊後守が、永渕啓輔の思いを代弁した。

「神君家康さまのお言葉でございまする」

「家康さまの」

執政たちが絶句した。

「さよう。家康さまは、嫡男信康さまのあとを秀忠さまにお命じになられました。長幼にしたがうならば、秀康さまであったにもかかわらず。そのおり、家康さまは他姓を継ぎたる者に、家督を譲ることはできぬと仰せられた」

久世大和守が話した。

「ううむ」

阿部豊後守がうなった。しかし、家康の名前が出てはどうしようもない。御用部屋の意見は柳沢吉里を世継として認めないと決した。

「ではせめてご一門として遇することは……」

「いやそれも止めておきましょう」

久世大和守が、阿部豊後守へ首を振った。

「すでに柳沢は二十二万石と甲府が与えられ、等しい扱いを受けておる。これ以上の必要はないであろうし、幕府に余地もない。なにより、家継さまご不例のおりに世情を騒がすことは避けるべきである」

きっぱりと久世大和守が断じた。

「後々の瑕瑾《かきん》を防ぐためにも書付は処分いたさねばなりませぬ。なに、真偽の確認のため、書付を持参のうえ登城せよと申しつければよろしい。城内に供は連れて入られませぬ。取りあげるなど容易なこと」

後始末まで久世大和守は考えていた。

「馬鹿な……」

永渕啓輔はすべてが崩れていく音を耳にした。

職務上無断で職場を離れることは、徒目付にはままあることである。永渕啓輔の姿が江戸城から消えたことに誰も気を止めなかった。

四

書付を持って登城せよとの命を受けた柳沢吉里は、肩を落とした。

「ことならずか」

「どういうことでございまするか。お呼び出しと、それもお墨付きを持ってとならば、吉事ではございませぬか」

一衛が問うた。

「いや。違うぞ。もし、余を綱吉さまの子と認めるならば、迎えを寄こさねばならぬ。正式な七代将軍家継の世継ぎになるからな。西の丸へ入るようにと申してくるべきである。それなく、書付を持って登城せよというのは、主《あるじ》筋に対するもの言いではない」

ゆっくりと柳沢吉里が首を振った。

「まさか、呼びよせておいて殿を……」

「さすがに城中で殺すことはないだろうが、お墨付きは奪われるであろうな」

冷静に吉里は判断していた。

「おのれ……老中どもめ。五代さまのお墨付きをなんと心得るか」

拳《こぶし》を握りしめて一衛が怒った。

「遅すぎたな。綱吉さまが、父が死んだときに出すべきであった。もう、儂を迎える場所などないのだ。儂は柳沢家の二代として身分が固まってしまった」

肩の力を吉里が抜いた。

「一衛、これを隠せ」

お墨付きを吉里は一衛に預けた。

「幕閣に奪われるわけにはいかぬ。これがあるかぎり柳沢家は潰されぬ」

綱吉の書付は、諸刃《もろは》の剣《つるぎ》であった。吉里を綱吉の子供と認めさせる決め手であったが、受けいれられなかったとき、お墨付きは幕府にとってつごうの悪いものとなった。隠された血筋などお家騒動のもとでしかないのだ。

「はっ」

すぐに一衛は吉里の意図を汲んだ。

「儂は病に伏せることにする。それで老中どもには伝わろう」

呼びだしに応じないのは、五代将軍綱吉の子という訴えは取りさげることになると同時に、お墨付きをわたすつもりはないとの意思表示にもなった。

すっきりした表情で吉里が告げた。

「殿……」

「父美濃守の夢をかなえてやりたかったの」

吉里はふたたび柳沢吉保を父と呼んだ。

「いや、余の夢だったか」

寂しそうに笑う吉里の前で、一衛が男泣きに泣いた。


屋敷に籠もり食事もとらず、呆然とし続けた永渕啓輔がつぶやいた。

「殿は、拙者になにを望まれたのか」

いかに腕がたつとはいえ、一人で紀州に立ちむかって勝てるはずなどないことを柳沢吉保ほどの人物なら端《はな》からわかっていたはずである。

「拙者のしたことで、なにか状況は変わったのか……」

永渕啓輔が目を閉じた。

「玉込め役何人かの注意を集めることには成功した。……それか、殿の意図は」

かっと永渕啓輔は瞼を大きく開いた。

「あれだけ腕のたつ者はそうそう数がそろわない。五十五万石とはいえ、玉込め役は十人からいても二十人だろう。吉宗の警固の人数を割けば、残りは十人ほど。そこから城や屋敷に在する者をのぞけば、残るは数名。その数名を拙者が足止めできたとしたら……柳沢吉里さまや一衛への目が不足する。さすれば、吉里さまは自在に動け、八代将軍へ近づく手を余裕で打てる。そうか、拙者の役目は目くらましだったのか」

永渕啓輔は独りごちた。

「ご遺言は果たしたのだ」

満足そうに永渕啓輔は首肯した。

「ならば、お側に参っても叱られまい」

永渕啓輔は、脇差を抜いた。脇差に懐紙を巻こうとした永渕啓輔は、白刃に映る己の顔を見た。そこにはことを為し得た者の晴々《はればれ》とした表情はなかった。

「師……」

やつれはて、頬のこけた顔は、師浅山《あさやま》鬼伝斎にそっくりであった。聡四郎の師入江無手斎に破れたことで、剣鬼となった浅山鬼伝斎は、生涯をかけて剣を突き詰めた。

「拙者も同じであったか」

永渕啓輔は生涯を柳沢吉保への忠義に費やした。

「なにも残らなかったな」

妻をめとらず子も作らなかった永渕啓輔は、家を遺《のこ》すこともなく消えていく。

あまりのむなしさに永渕啓輔は愕然としていた。

「拙者の一生はなんだったのか。……ここで腹切ったところで、誰も拙者のことなど覚えていてはくれまい」

永渕啓輔は、じっと白刃を見つめた。走馬灯のように己の一生が浮かんでは消えた。

「最後にわがままをさせていただこうか」

たった一つ永渕啓輔が己の意思でなした聡四郎との戦いだけが、浮かんだ思い出のなかで色を持っていた。

「決着をつけてくれる」

永渕啓輔の顔が侍から剣士へと変わった。

身を清めた永渕啓輔は、まっすぐ本郷御弓町へと向かった。聡四郎が怪我をして自宅にいると知っていた。

「ごめん、徒目付永渕啓輔と申す」

一度面識を作ってある。永渕啓輔は、怪しまれることなく、書院へとおされた。

「大奥での一件のお取り調べか。あれなら、なかったことになったと聞いたが」

聡四郎には、徒目付が来る理由が他には思いあたらなかった。

「そうではござらぬ」

対峙していた永渕啓輔が、おもむろに懐から黒覆面を取りだし、顔を覆った。

「思いあたられぬか」

「きさまは……」

言われるまでもなく、聡四郎は気づいた。

「なぜ徒目付が……」

「徒目付は仮の姿。柳沢美濃守さまが臣こそ正体よ」

覆面をはずして永渕啓輔が告げた。

「死合いを申しこむ」

永渕啓輔が言った。

「私闘を御上の役人が受けられると思うか」

「二代にわたる一伝流《いちでんりゅう》と一放流の優劣に決着をつけぬか」

剣のうえでの戦いだと、永渕啓輔は強弁した。

「詭弁《きべん》を弄《ろう》するな」

聡四郎は断った。

「ならばしかたない」

すなおに永渕啓輔は立ちあがった。

「相模屋を襲わせていただこうか。それでたらなければ、貴殿の兄上どの一家も」

「なにを……卑怯な」

意味を理解した聡四郎は怒鳴った。

「なんと言われようがかまわぬ。拙者にはもう剣しかないのだ」

永渕啓輔は平然とうそぶいた。

「……わかった」

己のかかわりで、知人を巻きこむわけにはいかなかった。聡四郎は同意した。

「どこでやる」

聡四郎は永渕啓輔をにらんだ。

「流派の対決となれば、優劣を見届ける者が必要よな。きさまの道場でやろう」

思いきったことを永渕啓輔が述べた。敵方の道場で戦うなど、それこそ地の利を相手に与えるだけではなく、弟子たちに包みこまれて、膾《なます》にされても文句は言えなかった。

「いいのか」

さすがに聡四郎は逡巡した。

「ああ。きさまの師に、弟子が至らなさで死ぬさまを見せてやるのも一興よ」

永渕啓輔のなかでなにかが壊れていた。

そろって出かけようとする聡四郎と永渕啓輔を大宮玄馬が見とがめた。

「どちらへ」

「こやつも連れていけ」

大宮玄馬も同行させろと永渕啓輔が言った。

「おまえの死体を担いで帰る者が要ろう」

「なにっ」

大宮玄馬が気色ばんだ。

「玄馬、抑えよ。一緒に参れ。詳細は道場に着いてから話す」

聡四郎は、大宮玄馬に命じた。

「そうか……おまえが鬼伝斎の弟子か」

事情を聞いた入江無手斎が、永渕啓輔を見た。

「鬼伝斎め、弟子に技だけでなく、妄執まで伝えたな」

大きく入江無手斎が嘆息した。

「儂ではいかぬか」

入江無手斎の問いに、永渕啓輔が首を振った。

「師と師の戦いは終わった。つぎは弟子と弟子であろう」

話すことはもうないと、永渕啓輔は道場の中央へと進んだ。

「では、わたくしも」

立ちあがろうとした聡四郎を、大宮玄馬が止めた。

「殿は右肩を怪我しておられまする。どうしても試合をとならば、代わりにわたくしめが」

「……」

大宮玄馬の言葉を聞いた入江無手斎が、聡四郎に顔を向けた。

「けじめをつけるか」

「………」

師の問いに、万感の思いをこめて、聡四郎はうなずいた。

「よし。骨は儂が拾ってやる」

「師よ……」

驚いた大宮玄馬を入江無手斎は、道場の片隅へと連れていった。

「見守ってやれ。聡四郎は、剣士としての己に決別する覚悟なのだ」

「えっ」

大宮玄馬が、聡四郎を見た。

「聡四郎はな。旗本になるのだ。流派のため、剣のために命を賭ける馬鹿から、御上のため、天下のために生きる旗本へな」

愛弟子《まなでし》が剣を捨てる場に居合わせなければならない師としての悲哀を、入江無手斎は噛みしめていた。

「しかし、殿は怪我を……」

「剣士として最後の心構えよ。どのような状況になろうとも、剣士は言いわけをしてはならぬ。わかるな」

「はい……」

命を賭けて戦うのが剣士である。戦いの場におよんで体調の悪さを云々《うんぬん》することは許されなかった。

「あの右肩の怪我は、剣士ならば負わぬ。あやつが旗本なればこそ受けた傷。わかるか。聡四郎の覚悟がそこにある。こればかりは余人のはいる隙はない」

入江無手斎が諭した。

「しっかりと見ておけ。勝負は一瞬で決まるぞ」

聡四郎と永渕啓輔ほどの腕になると、刀を折るかも知れない撃ち合いをすることはない。己の気迫をためた一撃で一気に勝負が決まった。

「一伝流、永渕啓輔」

「一放流、水城聡四郎」

名のりをあげて、二人は太刀を抜いた。

永渕啓輔が太刀を下段におろし、逆袈裟の形にとった。

「一伝流、前腰」

聡四郎は一度見たことがあった。尾張藩お旗持ち組士をあっさりと葬り去った脅威の一撃を忘れられるはずがなかった。

「…………」

もう永渕啓輔は言葉を発しなかった。

「ならば……」

片手雷閃《らいせん》の形を聡四郎はとった。

「師……」

大宮玄馬が不安そうな顔をした。大宮玄馬も聡四郎の太刀筋の傷に気づいていた。

「…………」

入江無手斎は応えなかった。

永渕啓輔がじりじりと左足を前に出し、腰を落とした。合わせるように聡四郎も膝を曲げた。

二人の動きが止まった。入江無手斎と大宮玄馬は、息をするのも忘れ、固唾《かたず》を飲んだ。

「りゃあああ」

先に動いたのは聡四郎であった。全身を伸ばすようにして左肩に載せた太刀を投げるように撃った。

「おう」

下段の太刀を永渕啓輔が跳ねた。

「くっ……」

二人の太刀がぶつかる寸前、永渕啓輔が後ろに跳んだ。

片手撃ちは伸びる。永渕啓輔は思ったより食いこんでくる聡四郎の一刀に、迎撃間に合わぬと逃げた。

「ふふふふ……おもしろいな」

ふたたび前腰の形になりながら笑った永渕啓輔の右耳から血が流れた。逃がしたにしても、聡四郎の太刀は永渕啓輔の耳を斬りとばしていなければならなかった。

「刃筋がずれている」

構えを戻しながら、聡四郎は永渕啓輔の傷に首をかしげていた。

「今ごろ気づくか。情けないやつよ」

小さな声で入江無手斎が、ぼやいた。

「水城、きさまみょうな癖がある」

永渕啓輔が間合いを詰めてきた。

「なにっ……」

指摘されて、聡四郎は動揺した。

「あの世で修行をしなおせ」

二間（約三・六メートル）に迫ったところで、永渕啓輔が足を止めた。気迫をためて必殺の一撃に出る準備であった。

「坊主の頭を斬るつもりになれ」

入江無手斎が叫んだ。

「おまえは、人を斬ることを重ねているうちに、楽を覚えたのだ。鎧《よろい》を着てない者は、刃が当たれば斬れるからの。よいか、一放流は鎧武者を両断する太刀ぞ」

「遅いわ」

永渕啓輔が、大きく踏みだした。下段の太刀が光を引いて天を目指した。

「………」

無言で聡四郎は退いた。

師に教えられたことが脳裏を占め、とても反撃に出られる状況ではなくなっていた。

「どうした、こころここにあらずで、勝てるとでも言う気か」

糸で繋がっているように、永渕啓輔がついてきた。

「舐《な》められたものよ」

永渕啓輔が大上段《だいじょうだん》から落としてきた。

「くうっ」

さらにもう一歩聡四郎は下がるしかなかった。右手が使えない状態で受けきれない。

「まだ逃げるか。右手が役にたたぬとはいえ、情けないことよ。このていどの弟子しか育成できぬ者に、師は破れたというのか」

逃げるしかない聡四郎を永渕啓輔がののしった。

「おのれ……」

跳びだそうとした大宮玄馬を、入江無手斎が抑えた。

「剣士の戦いに余人が割りこむことは許されぬ。主の気を折るつもりか」

きびしく入江無手斎が、叱った。

「気を折る……」

言われて大宮玄馬の身体から力が抜けた。

ここにおいて剣筋にある傷を知った聡四郎のこころは痛んでいた。そこへ助勢を受けたとなれば、たとえ勝てたところで、聡四郎の矜持はぼろぼろになり、二度と剣を持つことはできなくなる。入江無手斎の指摘に、大宮玄馬は下がるしかなかった。

「役目でつぶれかけたこころは、妻がいやしてくれる。しかし、剣士が死合いでこころを折れば、誰も助けることはできぬ。信じろ、おまえの主を」

そう言った入江無手斎の手が小さく震えていることに、大宮玄馬はようやく気づいた。

「師……」

「儂と鬼伝斎の因縁が、代をこえた。すまぬ、聡四郎」

入江無手斎がつぶやいた。

「どうしたそこまでか」

休むことなく斬撃をくりだしてくる永渕啓輔に、聡四郎は下がることしかできなかった。

「これ以上どうする気だ」

永渕啓輔が笑った。

「しまった」

下段からの刺突を避けた聡四郎の背中が道場の壁に当たった。かわすのに精一杯で、背後への注意が薄れていた。

「肚はできたか」

左右へ聡四郎が逃げることのできない必死の間合い、二間（約三・六メートル）の位置で永渕啓輔が腰を落とした。

「…………」

急いで聡四郎も体勢を整えた。

ゆっくりと永渕啓輔の腰が落ちた。前腰の構えであった。

「修行を思いだせ。一放流はすべてを一撃にこめるものぞ」

師として最後の助言を入江無手斎が告げた。

「一撃……」

聡四郎は壁から背中を浮かせると、左手一本で太刀をあげ、左肩に担いだ。

「ほお、懲りずに雷閃か。やっと死ぬ気になったか」

満足そうに永渕啓輔が笑った。

「死ね」

永渕啓輔が下段から斬りあげた。聡四郎はわずかに身体をかたむけて、空をきらせた。

前腰の本領は二の太刀であった。下段から斜め右上へと切っ先をあげた太刀が、燕のようにひるがえった。

待っていた瞬間であった。

「おうりゃああ」

聡四郎も応じた。渾身の力で雷閃を放った。

「殿……」

大宮玄馬が叫んだ。

交錯した二人の身体が止まった。ゆっくりと永渕啓輔が崩れた。

「お側に参りま……」

最後まで口にすることなく、永渕啓輔はこときれた。聡四郎の一撃は、永渕啓輔の右肩から肺まで裂いていた。

「ご無事で……」

駆けよってきた大宮玄馬は息をのんだ。聡四郎の小袖はみごとに真っ二つとなっていた。

「伸びの差だったの。こやつ、道場の壁に刃を打ち込むことを怖れ、腕が伸びきらなかった。壁ごと聡四郎を両断するつもりでなければならなかった」

前に出るしかなかった聡四郎の間合いが、二寸（約六センチメートル）永渕啓輔より長かった。

「………」

勝利を喜ぶだけの気力は、聡四郎になかった。

終　章

　聡四郎と永渕啓輔の決闘から十日、紀州家から紅が水城家へ輿入れしてきた。

　大名家の姫としての嫁入りは道具こそ派手であったが、祝宴はごく身内だけでおこなわれた。

　大名同士のつながりが強くなるのを危惧した幕府が、婚礼などの祝いごとも、簡素にするようにとの通達を出していたからである。

　いくつもの間仕切り襖を取っ払って、ようやくつくり出した大広間に集まったのは、正面に座る聡四郎と紅、左手に苦い顔をした功之進、聡四郎の兄二人、右手に相模屋伝兵衛、紀州家中屋敷用人、そして一間《ひとま》下がったところに紀州から供してきた藩士たちが並んだ。

　婚礼の場で、いきなり聡四郎の怪我は見抜かれた。盃ごとで右腕に左腕を添えて出しては隠しようもなかった。

「なにをやったの」

紀州家の姫をかなぐりすてて、紅が詰め寄った。

「これは、お役目で……」

「あんた馬鹿」

説明した聡四郎を、紅が怒鳴りつけた。

「役目、役目って、それでなんでもとおると思ったらおおまちがいよ。あんたは勘定吟味役でしょう。それがなんで将軍さまの身をかばって怪我するのよ。そのための役目をもった人がいるはずでしょう」

「……それはそうだが」

「だったら、任せなさいよ。なんでこう、あんたはなんでも首をつっこむの」

紅が泣きながら、聡四郎をゆさぶった。

「すまぬ」

聡四郎はそう言うしかなかった。

「娘の申すとおりじゃ」

紀州家からついてきた供の一人が笑った。

「その声は、まさか……」

覚えのある声に、聡四郎は目を見張った。

家臣に紛れて吉宗が座っていた。

「な、なぜそこに……」

「娘の婚礼に出ぬ親がおるか」

聡四郎の問いに、吉宗があっさりと答えた。

「いえ、お見えになるのは不思議ではございませぬ。座のことでございまする」

急いで聡四郎は上座を空けた。

「たわけ。婚礼で花婿より上座があるか」

叱りながらも吉宗は上座に移った。

「権中納言さま……」

功之進と兄二人が腰を抜かした。

「水城よ。そなたは分をわきまえなさすぎる。たしかに、勘定吟味役として手柄はたてた。しかし、それ以上に食いこみすぎておる」

吉宗が聡四郎の目を見た。

「………」

聡四郎は吉宗が増上寺の一件からすべてを知っているとさとった。

「しばし、休め」

吉宗が、聡四郎に命じた。

「今のそなたでは、危なくて遣えぬわ」

翌日、聡四郎は怪我の療養に専念したいとの理由をつけて、お役ご免を願いでた。

「願いを許す。在任中の功績をとくに認め、寄合席とする」

寄合とは、三千石以上、あるいは布衣以上の役目に就いた者が無役となったときに、組みこまれるところである。五百五十石の水城家としては破格であった。家継を救った褒賞であった。

「おのれ……おのれええ」

登城することなく消えた聡四郎に、新井白石は歯がみをして悔しがったが、紀州家一門へ苦情をつけるわけにもいかず、沈黙するしかなかった。

正徳四年（一七一四）十一月二日、柳沢吉保の死が明らかにされた。

一代の寵臣の死は、思い出のように語られはしたが、おおきな波紋を起こすことはもうなかった。

「上様」

間部越前守の悲痛な叫びが、お休息の間に響いた。

「ご臨終でございまする」

奥医師が宣した。

詰めていた小姓番士のすすり泣きがお休息の間に満ちた。

正徳六年（一七一六）四月三十日、とうとう体調の回復をみることなく、幼き七代将軍はこの世を去った。ようやく悪夢から解放された家継の死に顔は、おだやかであった。享年八歳、わずか五歳で将軍となった家継はその意味さえわからぬまま、権力争いの渦に沈んだ。

「……家宣さま……申しわけございませぬ」

小さな声で詫びた間部越前守の瞳から、光が失われていった。柳沢吉保に比肩する寵臣の終焉《しゅうえん》であった。

家継の死を受けて、紀州家上屋敷に待機していた吉宗が、江戸城西の丸へと入った。

「上様、ご遺言により、徳川権中納言吉宗公、天下ご相続をお受け願いまする」

老中阿部豊後守が、代表して言上した。

「我、その任に能《あた》わず、よろしく尾州《びしゅう》公に奏上なされたし」

吉宗が断った。

「上様ご遺言でございますれば、権中納言さま、ご承諾なされますよう」

「余、将軍家たる器に非《あら》ず、徳川の家督のみならば、神君の血筋をもってお引き受けいたす」

徳川宗家は継ぐが、将軍にはならぬと吉宗が固辞した。

「いかようなご辞退もかないませぬ。上様のご遺言でござる」

強い口調で阿部豊後守が告げた。

「武家として上様のご遺言にはあらがえませぬ。大任を承る。なれど余浅才なれば、執政衆の力なくして、政なりたたず。一同、ここに誓詞を差しだしくれるよう。さもなくば、いかに上様のご遺言といえども、したがえぬ」

三度目の推戴《すいたい》で応諾するのが、慣習であった。吉宗はそこに執政衆への注文をくわえた。

「なんの差しさわりがございましょうか。我ら執政は、上様の補佐をつかまつるためにおりまする。ただちに誓詞をさしだしますほどに、お引き受けのほどを、伏して願いたてまつる」

阿部豊後守を始め、老中若年寄が平伏した。

八代将軍、徳川吉宗の誕生であった。

老中たちの差しだした誓詞はただちに使われた。

「紀州家から人をお連れになるはよろしゅうございまするが、禄の移転などもございますれば、人数をおしぼりいただいたうえ、我ら御用部屋の裁可をお待ちくださいますよう」

四月三十日、西の丸へ入った吉宗の供をしてきた紀州藩士たちを、そのまま旗本御家人にすると言いだした吉宗に、松平紀伊守信庸《のぶつね》が注文をつけた。いきなり吉宗の影響力が江戸城内に生まれることを危惧したのだ。

「余の命にしたがうと書いた誓詞の墨は、まだ乾いておらぬ。気に入らぬならば、去るがいい」

吉宗は、あっさりと松平紀伊守を罷免した。

「これは……」

同僚の馘首《かくしゅ》は御用部屋に衝撃を与え、以後、老中たちは吉宗の言葉に追判するだけの存在となった。

「老中、若年寄などと申したところで、突き詰めれば徳川の家臣でしかない。家臣どもに奪われた権を取りもどし、余は神君家康公の御世を再来させてみせる」

吉宗は将軍みずからが政をみなければならぬと考えていた。いつでも辞められる家臣たちに任せたことが、幕府衰退の原因と思いこんでいた。

「これからが、そなたたち本来の任ぞ」

腹心たる川村仁右衛門らに、吉宗が言った。

紀州家上屋敷から連れてきたのは、そのほとんどが玉込め役であった。

「まずは、役立たずの伊賀組から探索方を取りあげる」

吉宗は、玉込め役の多くを御広敷伊賀組支配、お庭の者として、手近に置いた。

「間部越前守の役目を解く」

新しい権力者が生まれれば、かつての寵臣は排除されるのが常である。

間部越前守は家継の死後三十九日を待って、側役《そばやく》を罷免された。

「登城におよばず」

江戸城から新井白石も追いだされた。

「儂の、儂の献策が……」

新井白石が渾身をこめて作りあげ、御用部屋へとあげられていた膨大な政案も、吉宗によって廃棄された。さらに新井白石が将軍権威を増強するためにと、家宣の許しを得て作りあげた武家諸法度《しょはっと》も改訂された。

「儂の一生をかけたすべてが……」

失意に沈んだ新井白石は、薬研堀《やげんぼり》の屋敷で隠遁《いんとん》、二度と政治にかかわることはなかった。

「これはと思う見目うるわしき女中の名前を書き出せ」

吉宗はさらに大奥へ手をつけた。

新しい側室あさりと勘違いした大奥女中たちは、次代の栄華を手にできるとこぞって自薦他薦の区別なく、名のりをあげた。

「美貌ならば、すぐに嫁入り先も見つけられよう。こやつらを放逐せい」

吉宗は多くの大奥女中を親元へ帰した。こうして大奥の勢力はがた落ちになった。

しかし、これらは始まりでしかなかった。

「余の食事は一汁二菜、衣類は木綿のみ。一同も倹約をいたせ」

「貨幣の通用を停止。あたらしく作製したものを、使え」

吉宗は後藤家に新貨の鋳造を命じた。

「年号を享保《きょうほう》と改元せよ」

次々と吉宗は、施策を打ち出した。

幕臣たちは、新しい主人の手腕に反抗することもできず、巻きこまれるしかなかった。

「さて、二年遊ばせてやったのだ。働いてもらうぞ、我が婿」

吉宗が、笑った。

「義理とはいえ、将軍の娘婿よ。世間の衆目はあやつに集まろう。さすれば、お庭番の動きは目立たぬ。川村、余に逆らう者どもを許すな」

「おまかせくださいませ」

川村仁右衛門が、平伏した。

享保の改革の始まりであった。

了

あとがき

「勘定吟味役異聞」八巻目、『流転の果て』をお贈りします。

平成十七年八月に第一作『破斬《はざん》』で始めさせていただいた物語も今回で終わりを迎えました。足かけ四年の長きにわたっておつきあいをいただき、まことにありがとうございました。


ご存じのとおり江戸幕府は、徳川家康の征夷大将軍就任から、徳川慶喜による大政奉還までの約二百六十年の間続きました。この期間、四方が海という地勢を利用して国を閉じることに成功した日本は、特異な文化と世相を作りあげました。

徳川家を頂点とした幕藩体制もその一つです。

幕府は、諸大名を統括するが、その領土へ直接手出ししない。地方自治といえば、聞こえはいいのですが、そのじつほったらかし、無責任きわまりないやり方でした。

当然、幕府は大名からいっさいの税を徴収していませんでした。ようするに、幕府にとって、大名領に住む者のことなど端《はな》から念頭になかったようです。

よく幕府をいまの政府に、藩を地方自治体になぞらえますが、まったく違っていました。一揆やお家騒動でもめたら潰すぞ。強大な軍事力を背景に、幕府は大名を脅していただけでした。抑止力と言うのが、幕府を表すにもっとも適当な言葉かもしれません。

徳川家康の前、天下を統一した豊臣秀吉の政権は国家でした。諸大名を統括し、その領地で検地をおこない、刀狩りをしました。そしてなにより、国家の専権事項である他国への宣戦布告をしました。

明、朝鮮への侵攻は、どのような理屈もつけることのできない侵略行為で、戦場となった朝鮮半島に膨大な被害と多大なる迷惑をかけた愚行でした。ただ、これは秀吉が国家としての権力をふるった証拠でもありました。

しかし、徳川幕府は無謀なまねもしなかったかわりに、国家としての機能もほとんど発揮していませんでした。

その大きな要因が鎖国です。鎖国によって徳川幕府は、外交という国家の義務、さらに国防という任務も放棄できたのです。

朝鮮半島、中国大陸、オランダとの国交はあったじゃないかとおっしゃる向きもありましょう。しかし、中国大陸、オランダとの付き合いはとても外交と呼べるものではありません。かろうじて朝鮮半島にあった李王朝とは、使節のやりとりをおこなうなどつきあっていたかもしれませんが、たった一国との、それも将軍代替わりのおりに使節を迎えるていどのものは外交と言えません。

国家とは何かという議論は、あまりに難しく、わたしごとき浅学の徒の担うべきものではありません。ただ、徳川幕府が政府でなかったことはたしかだと思っております。

重ねて申しますが、幕府は直轄領のみの政《まつりごと》を担う機関でしかなかったのです。

そんな脆弱な基盤しかもたない幕府が、二百六十年も続いたのは、なぜなのでしょう。戦国で徳川と争った大名たちが、腑抜けてしまったのでしょうか。庶民が戦国に倦《う》んだからでしょうか。どちらも違うとわたしは考えています。

読者のみなさまに、お聞きしてみたいと思います。徳川幕府に終焉をもたらした明治維新、そのあと日本は変わったのでしょうか。

変わったとおっしゃる方が多いと思います。たしかに文明開化で日本は一気に欧米化し、江戸時代はあっという間に消えてしまいました。

ですが、庶民のこころはどうでしょう。わたしは変わっていないと思うのです。

政治は上に立つ人がやることで、俺たちには関係ない。江戸時代でいうお上ご一任の気質が、そのまま受けつがれてしまってはいませんか。

今の世相もそう思えば腑に落ちます。いろいろな問題が噴出し、わたしたちの生活を圧迫し続けています。たしかに抗議のデモもおこなわれますし、いろいろな手段で不満を口にはしています。ですが、革命にまでいたってはおりません。

明治維新もそうです。あれは、下級武士による不平不満の暴発で、革命と呼ぶにふさわしい民の参加がほとんどなく、事後も庶民の状況に変化はありませんでした。もっとも、革命後の庶民処遇の変化を言いだせば、世界中から革命と称されるできごとは消え去ることになるかもしれませんが。

日本の庶民はあきらめきっているのではないかと思えてなりません。

その庶民たちのかすかな希望こそ、巨悪へ立ち向かう人物の登場ではないでしょうか。

「勘定吟味役異聞」は、こうして生まれました。

汚職、裏金など権力を握る人たちの不祥事が、連日新聞をにぎわしています。もちろん、一部の公務員、政治家の仕業に過ぎないとはいえ、権力のあるところに腐敗が生じています。

その最たるものがお金ではないでしょうか。

わたしたちの支払った税金が、わけのわからない浪費で消えていく。

江戸時代も同じでした。杜撰な計画に基づいた施政によって入ってきた年貢や運上では足りなくなり、借金を重ねる。借金には利息が付きます。こうして元金の数倍もの金額に膨らみ、それがさらに財政を圧迫する。

そのことに気づいた徳川綱吉は、勘定吟味役を新設、無駄遣いを取り締まり、あまりにひどい役人を咎めさせようとしました。

しかし、第一巻『破斬』でも書きましたように、勘定吟味役は荻原近江守の登場で消え去ることになり、よりいっそう幕政は金を費やすようになってしまいます。

原因は、勘定という一般の侍には理解できない複雑な構造にありました。今のように経済を学ぶ大学や専門学校のない時代です。勘定のことは親子あるいは先輩後輩の間で受けつがれていくのがしきたりでした。つまり、勘定吟味役という取締官も、勘定の家柄から選ばれたのです。筋目同士で婚姻をしたりして縁の深い仲間内に監察をさせるなど、初手から効果は望めません。実際、わたしが調べた範囲で、勘定吟味役によって大きな不正が暴かれたという事実は見受けられませんでした。

歌舞伎に代表される芸能、刀鍛冶などの職能は世襲を続けることで技を昇華させていきますが、官は代を重ねるたび、悪弊を貯めていくのかも知れません。

さて、物語は柳沢吉保の死、そして徳川吉宗の台頭と、終焉を迎えました。幕政を建てなおすべく歴史に登場した吉宗は、自ら改革の手腕を振るいました。

ここに聡四郎のごとき素人勘定吟味役の出る幕はありません。聡四郎は勘定吟味役を辞し、物語は終わりとなりました。

始まった享保の改革において、聡四郎の出番はあるのでしょうか。

もし、このシリーズでほんの少しでも江戸の匂いを感じていただけたとしたら、望外の喜びであります。

これをもちまして、筆を措かせていただきますが、また近いうちにお目にかかれますよう精進いたします。

末尾となりましたが、読者の皆さまのご健康とご活躍を祈念して、お礼とさせていただきます。本当にありがとうございました。

平成二十年十二月

上田秀人

光文社文庫

文庫書下ろし／長編時代小説

流転《るてん》の果《は》て——勘定吟味役異聞《かんじょうぎんみやくいぶん》(八)——

著者　上《うえ》田《だ》秀《ひで》人《と》

2009年1月20日　初版1刷発行
2014年8月25日　13刷発行

発行者　鈴木広和
印刷　堀内印刷
製本　榎本製本

発行所　株式会社　光文社
〒112-8011　東京都文京区音羽1-16-6
電話　(03)5395-8149　編集部
8116　書籍販売部
8125　業務部

ISBN978-4-334-74536-3　Printed in Japan

組版　萩原印刷

お願い　光文社文庫をお読みになって、いかがでございましたか。「読後の感想」を編集部あてに、ぜひお送りください。

このほか光文社文庫では、どんな本をお読みになりましたか。これから、どういう本をご希望ですか。

どの本も、誤植がないようつとめていますが、もしお気づきの点がございましたら、お教えください。ご職業、ご年齢などもお書きそえいただければ幸いです。当社の規定により本来の目的以外に使用せず、大切に扱わせていただきます。

光文社文庫編集部